suhrkamp taschenbuch 2831

Kaum ein anderer Schweizer Schriftsteller hat sich zu so vielen Lebensbereichen ähnlich pointiert geäußert wie Robert Walser. »Lektüre für Minuten« ist eine Sammlung dieser Erkenntnisse, um Lesern, die den Dichter bisher noch nicht oder nur vom Hörensagen kennen, auf sein Werk neugierig zu machen.
Das Bändchen erschien erstmals 1978 anläßlich des 100. Geburtstages von Robert Walser. Inzwischen ist auch sein Nachlaß mit den lange Zeit als Geheimschrift geltenden »Mikrogrammen« (Aus dem Bleistiftgebiet) entziffert, so daß auch die darin enthaltenen Einsichten ausgewertet und in diese erweiterte Neuausgabe einbezogen werden konnten.
Walser zu lesen macht nicht zuletzt deshalb so viel Vergnügen, weil er allem Moralischen und Verbindlichen das Pathos des Grundsätzlichen nimmt, indem er es durch die überraschendsten Gedankensprünge und Assoziationen relativiert, verunsichert, ironisiert und hinterfragt.
Robert Walser wurde am 15. April 1878 in Biel geboren. Er lebte als junger Dichter und Bürogehilfe in Zürich und anderen Städten seiner Heimat, dann als freier Schriftsteller in Berlin, wiederum in Biel und schließlich in Bern. Er starb am 25. Dezember 1956 in Herisau, nach Jahrzehnten stiller Zurückgezogenheit als Anstaltspatient.

Robert Walser
Lektüre für Minuten

Gedanken aus seinen Büchern, Briefen und Mikrogrammen

Auswahl und Nachwort von
Volker Michels

Suhrkamp

Erweiterte Ausgabe der 1978 erschienenen Ausgabe
»Lektüre für Minuten«
Umschlagfoto: Carl Seelig

suhrkamp taschenbuch 2831
Erste Auflage 1998

Druck: Nomos Verlagsgesellschaft, Baden-Baden
Printed in Germany
Umschlag nach Entwürfen von
Willy Fleckhaus und Rolf Staudt

1 2 3 4 5 6 – 03 02 01 00 99 98

Inhalt

Psychologie der Gegensätze 7
Gesellschaftliches 27
Unzeitgemäße Vorschläge 63
Vom Reiz des Risikos 93
Kunst und Leben 103
Die gefährliche Schlange der Erfolglosigkeit 137
Liebe, Frauen und Ehe 149
Kindheit, Jugend und Alter 173
Glück und Freude 191
Meine bedeutsame Wenigkeit 205

Nachwort 219
Abkürzungs- und Quellenverzeichnis 224

Psychologie der Gegensätze

Um einen Berg zu sehen, steht man besser im Tal als auf dem Berg selber.

Aus dem Bleistiftgebiet, Band 5, S. 22

Was man hat, hat man schon wieder nicht mehr, und was man besitzt, hat man schon wieder verloren. Nur das, wonach man sich sehnt, besitzt und hat man.

Zwei Bilder meines Bruders, SW 4, S. 39

In starkem Grad besitzt einer nur, was ihm fehlt, da er's suchen muß. Im Suchen lebt er. Alle suchen etwas.

Schwäche kann eine Stärke sein, SW 18, S. 307

Armut ist für mich etwas Ähnliches wie Reichtum. Arme und Reiche können womöglich in die Gefahr geraten, aus Armut oder aus Reichtum sozusagen zu verblöden. Vielleicht kämpft in unserer Zeit die gesamte europäische Menschheit den aussichtsreichen oder hoffnungslosen Kampf gegen die Verblödung, was immerhin vom Vorhandensein einer Aufgabe spricht und an sich eine Hoffnung sein könnte.

Ein dummer Junge, SW 19, S. 145

Vom Zufriedensein wird man seelisch und geistig nicht satt, und die Ruhe erneuert sich gern in der Unruhe.

Aus dem Bleistiftgebiet, Band 5, S. 250

Wenn unsere Beschaffenheit haargenau unserem Sehnen entspräche, gäbe es ja keinerlei Sehnen mehr, und es ist doch so schön, Wünsche zu haben. Warum ist immer ein Himmel nie unter, sondern immer über uns, und warum freut es uns, zu ihm hinaufschauen zu dürfen?

Olympia, SW 17, S. 122

Weil es schön ist, sich zu sagen, man könne eventuell noch wachsen, finde ich den Glauben, ich sei klein, angenehm.

Aus dem Bleistiftgebiet, Band 4, S. 409

Wer viel weiß, für den wird die Welt klein, dagegen bleibt sie für den groß, dem die Verhältnisse das Einsammeln mannigfaltiger Kenntnisse oder von vielerlei Eindrücken vorenthalten.

Aus dem Bleistiftgebiet, Band 5, S. 99

Indem ein Gebildeter Ungebildeten Bildung einzuflößen versucht, strebt er gleichzeitig eine Vervollkommnung seines eigenen Wesens an.

Der Räuber, SW 12, S. 68

Feine Geber sind beinahe noch schüchterner als die Nehmer, und sie sind froh, wenn die Nehmer unbefangen hinnehmen, damit sie, die Geber, mit Anstand und ohne viel Federlesens geben können.

Geschwister Tanner, SW 9, S. 147

Die Unterschütterten, die Sicheren brachten nie etwas Großes zustande. Verlegene sind's, die die Verlegenheiten lösen; Stammelnde sprechen besser als Redegewandte.

Studie II, SW 17, S. 476

Unsichere können Sichere verunsichern. Sichere machen also Unsichere sicher.

Aus dem Bleistiftgebiet, Band 1, S. 59

Unfreiheit kann eine große Masse Freiheit in sich bergen; Unabhängigkeit kann Sklaverei sein.

Freundinnen, SW 18, S. 46

O, wie können einen Freiheiten quälen, drückend sein, und Einschränkungen können uns handkehrum glücklich machen, befreien.

Aus dem Bleistiftgebiet, Band 4, S. 59

Wenn's uns nicht gut geht, fängt es leise an, uns in Wirklichkeit ausgezeichnet zu gehen.

Der Abenteurer schreibt, SW 17, S. 238

Durch irgendeine Art von Kerker werden wir sozusagen stärker.

Die Gedichte, SW 13, S. 189

Sorgen führen seelische Lebendigkeit herbei.

Aus dem Bleistiftgebiet, Band 4, S. 331

Es muß im menschlichen Leben auch Unannehmlichkeiten geben, damit sich das Schöne vom Unschönen um so plastischer abhebt. Sorgen sind die besten Erzieher.

Seelig, Wanderungen mit Robert Walser, S. 46

Vielleicht muß zuerst Unfreundliches geschehen, bevor sich Willkommenes zutragen kann.

Ich las vielleicht zuviel, SW 20, S. 31f.

Gestrafte, Zurechtgewiesene sind zart. Die Undank erlebt haben, vermögen für irgend etwas zu danken. Wir Ungebändigten alle!

Hamlet-Essay, SW 18, S. 189

Glaube und Zuversicht werden für um so wertvoller, stärker gehalten, auf je zarteres, schwankenderes Selbstvertrauen sie sich stützen.

Das »Tagebuch«-Fragment von 1926, SW 18, S. 86f.

Angesichts einer für mich ungünstigen Situation trage ich den Kopf hoch, indes mich die günstige sogleich einschüchtert.

Aus dem Bleistiftgebiet, Band 4, S. 409

Wir werden oft geschätzt, wo wir glauben, daß man uns schelte.

Aus dem Bleistiftgebiet, Band 1, S. 53

Wenn ich euch so arg erscheine, spricht das Leben, warum betretet ihr mich dann? Laßt's lieber überhaupt bleiben, wenn man mir kein Lachen über unerfahrene Ankömmlinge mehr gönnt, bin ich halt gleichgültig. Wenn ihr die Schmerzen nicht haben wollt, sollt ihr auch die Lust nicht haben. Richtet ihr euch auf mich ein, so verfehlt ihr zum vornherein die Richtung. Es begegnen mir da zu viele Gerechte, die wollen mich alle meistern. Wenn ich sie aber einfach nicht beachte? Wenn ich ihnen aus meinen Quellen nichts zu trinken gebe, alle meine Schätze verschließe? Wenn ich keine Freude an den Menschen habe, wie wollen sie dann Freude finden? Da kommen sie mir nun alle mit ihrer Lebenskunst und haben bloß die Kunst, aber nicht mich. Nur in mir würden sie die Kunst finden können, aber wenn sie sie fänden, würden sie sie gar nicht mehr so nennen. Ich soll sie nicht mehr unglücklich machen dürfen, aber wie können sie dann je glücklich werden, wie können sie dann je fühlen, was Glück ist, da doch Glück von Unglück so wenig zu trennen ist wie Licht vom Schatten, die einander bedingen. Sie wollen nicht mehr Schlechtes und Gutes, bloß noch das Gute, aber dieser Eigensinn ist unerfüllbar.

Der Räuber, SW 12, S. 111f.

Ist das Menschenleben denn immer voll Sonnenschein? Geben ihm nicht erst Licht und Schatten seine Bedeutung?

Seelig, Wanderungen mit Robert Walser, S. 36

Wer nur Süßes kosten will, für den verwandelt es sich in Bitteres.

Das Häßliche hat seine Schönheit oder, anders gesprochen, kommt mir nach einem unschönen Erlebnis ein schönes nur um so schöner vor.

Aus dem Bleistiftgebiet, Band 5, S. 356

Weiches hat Aussicht, daß es hart wird. Was mit Härte beginnt, kann das hart werden? Nein, so wie nur Gutes schlimm werden kann, nur Bestes schlecht, so wird auch nur Weichstes hart, eben weil es die Gabe hat, zu verhärten, wenn ihm Härte naht.

Fritz Kochers Aufsätze, SW 1, S. 93

Das, was man Wirklichkeit nennt, besteht ja aus uns, und insofern wir bildungsfähig sind, ist es die sogenannte Wirklichkeit auch. Ob Wirklichkeiten reicher oder ärmer seien, kommt auf uns an. Man hat doch unter Wirklichkeiten nicht nur das zu verstehen, was sich der Dutzendverstand darunter vorstellt. In den Kreis des Wirklichen ziehe ich das Unwirkliche als bedeutungsvollen, in gewisser Hinsicht sogar ausschlaggebenden Faktor mit ein; denn das Unwirkliche bildet doch beim Wirklichen das Ergänzende. Man braucht z.B. beim Sonnenschein auch nicht den Schatten zu bemerken. Wenn ich nun Wirklichkeit verloren hätte und sie mir, weil ich sie suche, desto lebendiger wäre? Ist Suchen nicht ebenso wirklich als das bißchen Wirklichkeit im Haben, im Sein?

Kabarettbild, SW 18, S. 387

Fröhlichkeit und Ernst müssen obachtgeben, damit der Ernst fröhlich und die Fröhlichkeit ernsthaft abschließt.

Der Räuber, SW 12, S. 133

Quillt nicht gute Laune oft aus schlechter? Ich mag weder immer gut, noch immer schlecht aufgelegt sein. Eins löst das andere ab. Ein mit sich befreundeter Mensch möchte sich nicht unverdient seines Daseins freuen; er dächte, er beleidige die Mitwelt, wenn's ihm nicht auch hie und da sauer ginge.

Eine Ohrfeige und Sonstiges, SW 8, S. 50

Ich glaube, daß die Humoristen vor lauter Humorvollsein dann und wann schwermütig werden können.

Das Adoptivkind, SW 20, S. 249

Die Voraussetzungen der Lustigkeiten werden von einer Art Erdreich des Ernstes gebildet, worin wächst, was amüsant ist; auf der andern Seite gedeihen Ernsthaftigkeit und Zuverlässigkeit in einer genügend dichten Schicht von Lebenslust.

Das »Tagebuch«-Fragment von 1926, SW 18, S. 84f.

Lust und Weh sind wie Bruder und Schwester, die sich geschwisterlich lieben. Das liebliche sonnige Entzücken ist die Braut, und der Kummer, der sich ihr ins Herz schleicht, ist der Bräutigam. Genugtuung und Enttäuschung sind unzertrennlich.

Die Sonate, SW 4, S. 103

In Zeiten, worin, was man Lebensfreude nennt, zu einer Art von Vorschrift gemacht wird, gewinnen das Leid, das Bedauern an Reiz, als wär's ein Vergnügen.

Schmelzer, SW 20, S. 379

Zu viel Vernünftigkeit ist unvernünftig.

Aus dem Bleistiftgebiet, Band 2, S. 306

Gleichmaß ist schön und schwierig und fern.

Brief für alle, SW 18, S. 114

Das Laster scheint eine Höhle voll Unrat und Unverständnis zu sein, aber aus dem Laster hervortreten, mit Reue in der Seele, ist schöner als niemals sündigen. Sind denn nicht vielfach die Fehler der Anlaß zu den Entzükkungen und Rührungen?

Allerlei, SW 3, S. 135

Erst durch die Fehler bekommen die Menschen interessante Charakterfarben. – Schlechtigkeiten sind dazu da, um Kontraste zu schaffen und damit Leben in die Welt zu bringen.

Seelig, Wanderungen mit Robert Walser, S. 51

Man muß schlecht gewesen sein, um ein Sehnen nach dem Guten zu spüren. Und man muß unordentlich gelebt haben, um zu wünschen, Ordnung in sein Leben zu bringen. Also führt die Geordnetheit in die Unordnung, die Tugend ins Laster, die Einsilbigkeit ins Reden, die Lüge in die Aufrichtigkeit, letztere in erstere, und die Welt und das Leben unserer Eigenschaften sind rund.

Der Räuber, SW 12, S. 114f.

Vielleicht verdankten die Schweizer ihre Freiheit nicht nur dem Freiheitshelden Wilhelm Tell, sondern auch dem freiheitnichtamplatzfindenden Landvogt Geßler, der ersterem Anlaß darbot, sich in Bewegung zu setzen... Der Dränger und der Gedrängte, der Druckausübende und der Druckabschüttelnde haben etwas Sichergänzendes, und was die Freiheit betrifft, so hat sie zu ihrem Wachstum Vögte usw. dringend nötig.

Der Saubub, SW 19, S. 184f.

Sind nicht gerade die Fehler, die wie Wegweiser auf die Richtung in das Verstehen hindeuten, das Leuchtende in einem Menschenleben?

Ein Fehler, SW 18, S. 178f.

Wer keine Schwäche kennt, der kennt auch keinen Gott.

Herr Krüger, SW 16, S. 186

Ist uns nicht erst dann eigentlich das Leben schön, sobald wir gelernt haben, ohne Anspruch zu sein, individuelles Wünschen, Begehren zu vergessen oder hintanzustellen, dafür uns aber recht aus der befreiten, von Gutwilligkeit erfüllten Brust heraus an ein Gebot, an einen festen Dienst hinzugeben, Menschen mit unserer Aufführung zufriedenzustellen, sanft und kühn auf die Schönheit zu verzichten? Denn wo ich auf eine Schönheit verzichte: fliegt mir da zum Lohn für den bewiesenen guten Willen und für die freundliche und lebhaft empfundene Entsagung nicht eine gänzlich neue, niemals vorher geahnte und tausendmal schönere Schönheit entgegen? Und wo ich aus freiem Willen, vom Mute und vom Mitleid in höhere Gesinnungen emporgetragen, auf den Himmel verzichte: fliege ich da nicht früher oder später zum Lohn für rechtschaffenes Verhalten in einen vielmal schöneren Himmel?

Tobold (II), SW 5, S. 253

Wo die Ferne verschwindet, rückt die Nähe zärtlich nahe.

Seelig, Wanderungen mit Robert Walser, S. 47

Was nicht anwesend ist, ist es manchmal gerade dadurch sehr.

Das Hotel, SW 20, S. 49

Die Melodien eines Leierkastens kommen aus der Höhle der Mechanik gänzlich gefühlos an's Tageslicht des Gehörtwerdens herauf, und nichts als gerade dieses Gefühllose setzt ein Gefühl in Tätigkeit.

Aus dem Bleistiftgebiet, Band 5, S. 270

Um einschlafen zu können, strenge man sich an, wach zu sein. Man strenge sich nicht an zu schlafen. Um lieben zu können, strenge man sich an, nicht zu lieben. Auf einmal liebt man dann. Um die Ehrfurcht zu finden, sei man eine Zeitlang unehrerbietig, hierauf stellt sich das Bedürfnis ein zu ehren. Ich gebe Ihnen die vorzüglichen Ratschläge absolut kostenlos. Versuchen Sie, sie zu befolgen, nicht um der Folgsamkeit, sondern um Ihres Vergnügens und um Ihres Vorteils willen. Denn man erteilt ja Rat, um zu beglücken, nicht damit der Rat anerkannt werde, aber indem man ihn anerkennt, ist man tätig, und die Tätigkeit hat an sich Wohlbefinden zur Gefolgschaft.

Der Räuber, SW 12, S. 162

Entzückend, wie sich Träume über Schlummernde zu mokieren vermögen, wie sie ihnen die Stirn mit Freiheiten umgaukeln, die beim Erwachen lächerlich zu sein scheinen.

Freiheitsaufsatz, SW 19, S. 200

Muß man, um sich zu finden, (denn) nicht zuvor verlorengehen?

Aus dem Bleistiftgebiet, Band 4, S. 51

Etwas nicht tun dürfen, heißt, es irgendwo anders doppelt tun. Nichts ist fader als eine gleichgültige, rasche, billige Erlaubnis.

Jakob von Gunten, SW 11, S. 104

Wer nicht entsagen kann, kommt zu keinem tieferen Genusse.

Zückerchen, SW 8, S. 81

Ich halte Bescheidenheit für gar nicht immer so sehr bescheiden. Wir scheinen oft genügsam, wo wir unsere Ansprüche erweitern. Verzichten gewährt uns Freiheit. Jeden Eigentümer knechtet sein Besitz. Läßt du etwas gehen, so schreibt es dir nichts vor. Wen ich nicht an mich feßle, auf den brauch ich auch nicht acht zu geben. Wen ich meins nenne, [der] nennt mich seins. Das hat Vorteile und Nachteile. Es kommt auf uns an, ob's uns reich oder arm macht. In einem Gewinn kann ein Verlust liegen, ein Verlust mit einem Gewinn verbunden sein. Ginge die Sonne nicht unter, wie könnte sie aufgehen? Unser Erheben hängt vom Hingesunkensein ab. Seltsam, wie die Menschen urteilen. Daß sie nicht für die Glücklichen fürchten und nicht die Weinenden beneiden.

Aus dem Bleistiftgebiet, Band 1, S. 244

Mit durchdringendem Forschen kann man, so bilde ich mir ein, den Gegenstand, statt ihn nun sich noch besser zu eigen zu machen, oft auch vernichten und in Nacht und Unsichtbarkeit versenken.

Vier Bilder, SW 16, S. 80

Ich bin durch einen längeren Aufenthalt in literarischen Kreisen stark ästhetisiert worden. Es ging oder geht vielen so. Vor lauter Verstehen kann es geschehen, daß man nichts mehr versteht.

Aus dem Bleistiftgebiet, Band 1, S. 118

Es ist schwer oder unmöglich oder wird sinnlos, fortwährend helfen, bessern, korrigieren, dienen, nützen, Gutes tun, Aufmerksamkeiten erweisen zu wollen. Man weckt hiebei, was man entfernen möchte, führt herbei, was man bekämpft, beklagt.

Beitrag zur Beantwortung…, SW 19, S. 272

Der schulmeister(t) andere, der das nicht sich selbst gegenüber tut.

Aus dem Bleistiftgebiet, Band 4, S. 362

Der Besitzer einer guten Eigenschaft achtet dieselbe nicht so hoch wie der, dem sie mangelt und der sie anderwärts wahrnimmt.

Damenschuhe, SW 17, S. 198

Menschen, die Phantasie haben und Gebrauch davon machen, gelten leicht als Spitzbuben.

Hans, SW 7, S. 176

Wo man noch hoffen will, Tugenden anzutreffen, dürfen die Spitzbuben nicht fehlen.

In der Provinz, SW 3, S. 22

Ich liebe nichts so aufrichtig wie Unaufrichtigkeit, und bin nie ein so guter Mensch, als wenn ich mich als einen schlechten hinstelle.

Aus dem Bleistiftgebiet, Band 1, S. 72

Die Tugend hat immer etwas Erbärmliches an sich, und das Laster besaß von jeher etwas Entzückendes und Hinreißendes, wobei ich natürlich den staaterhaltenden Standpunkt außer Betracht lasse.

Brief an einen Ehemann, SW 18, S. 144

Das Fehlerbegangenhaben bedeutet eine Lebensbereicherung. Findet doch eine Seele an einem Unrecht eine viel lebhaftere Unterhaltung als an etwas Gerechtem, und auf Beseeltheit kommt's ja eben an, darauf, daß es in einer Seele überhaupt lebt, daß sie sich mit etwas beschäftigt, und dann liegt ja etwas Lustiges, ich meine, etwas Interessantes darin, daß man sich tadeln kann, während es meist überaus uninteressant ist, wenn man sich tugendhaft, lieb, gut, gerecht, d.h. lobenswürdig vorkommt. Etwas nicht zustande gekommenes Gutes bildet ja gerade aus diesem Grunde eine Geschichte.

Sind wir denn berufen, einander zu verstehen, sind wir nicht vielmehr auserlesen, uns zu verkennen, damit es nicht zu viel Glück gibt und das Glück noch geschätzt wird und damit sich die Verhältnisse zum Roman gestalten, der nicht möglich wäre, wenn wir uns kännten?

Der Räuber, SW 12, S. 187

Ich sage mir, daß aus der Sexualität eine Kunst gemacht werden kann, daß man beispielsweise sogenannte Sadisten in ganz kurzer Zeit masochisieren und in Masochisten die erforderliche Summe Sadismus wecken kann. Bei allem dem fragt es sich immer zuerst, ob Menschen überhaupt in der Lage sind, fähig sind, Reizungen zu empfinden. Empfindungen stumpfen ja in vielen Kreaturen ab. Ich bin übrigens beim Nachdenken zum Ergebnis gekommen, daß in allen Überragenden, Herrschenden eine Neigung sich bekundet, nachzugeben, zu dienen; daß hinwiederum im Gehorchenden, Dienenden ganz natürliche Anwandlungen des Herrschens, Regierens entstehen, denn die Sexualität dreht sich erdgleich, kugelgleich, und die beiden Hauptrichtungen oder Hauptbestandteile des sexuellen Lebens sind wie am Globus die beiden Pole. Nach mir neigt also jeder Nachgiebige oder Masochist zum Sadismus oder zur Lust an der Freiheit, und der Sadist oder Befehlende zu dem, was ihm gleichsam fehlt, was ungewöhnlich, außerordentlich für ihn ist, zum Masochismus, d.h. zu Anlehnungen. Die Menschheit kann sich ja beglückwünschen, daß es so ist, daß alles dies nicht auf Fixiertheit sondern auf vielfältigster Verteiltheit beruht. Das Herz z.B. ist an sich ein Masochist, und eine wirkliche, wahre, d.h. herzliche Liebe ist immer »leider« nur eine masochistische, wenn gleich eine sehr feine. Wer auf sein Herz hört, unterliegt ganz naturgemäß, aber es ist dann jedenfalls eine sehr schöne Art des Unterliegens. Wahrscheinlich dürfte dieses Unterliegen das Schönste des Lebens überhaupt sein, während ein gemeines Sinnen-Unterliegen eben einfach gemein ist. Soll man auch aufs Herz eine Herrschaft auszuüben suchen, wie man eine solche auf die Sinne auszuüben pflegt?

Briefe, S. 271 f.

Der geborene Schwätzer scheint mir der zu sein, der davon schwatzt, daß er nicht zu schwatzen geneigt sein will. Beispielsweise reden Sexualisten, die es in Wirklichkeit gar nicht sind, in einem fort von Sexualität und entfernen sich damit immer weiter von der Verwirklichung dessen, was sie zu sein bestrebt sind.

Aus dem Bleistiftgebiet, Band 5, S. 66

Man würde sich sehr täuschen, wenn man alle Kranken zur Gruppe oder Kategorie der Geschwächten zählte, da sie seelisch oft über weit mehr Widerstandsfähigkeit verfügen als die sogenannten Gesunden.

Über Mozarts »Don Juan«, SW 18, S. 261

Wer vermag übrigens mit Gewißheit zu sagen, was gut, was böse, was Wahrheit, was Lüge, was Haß, was Liebe ist? Ich grüble darüber lieber nicht lang. Sehe jeder zu, daß er sich auf irgendwelche Manier an Leib und Seele gesund erhält.

Ophelia, SW 17, S. 286

Es ist verdammt schön, als weiche Seele mit den Härten der Welt im Kampf zu liegen. Und wir ›Weichen‹ kämpfen am schönsten.

Briefe, S. 10

Leuten, die nicht gern großes Wesen von sich machen, wird in der Regel zu wenig Welt- sowohl wie Selbsterkenntnis zugetraut. Die Annahme, daß friedfertige genügsame Menschen nicht ebensogut wie irgend andere alle wichtigen Dinge zu beurteilen und abzuwägen vermögen, beruht auf offenbar leichtfertiger Betrachtung.

Das Bild des Vaters, SW 7, S. 156

Besteht nicht vielleicht eine Portion Bedeutendheit darin, daß man sich bemüht, sich nie zu bedeutend vorzukommen? Gibt es denn nicht gebildete Tröpfe und ungebildete Genies, betrunkene Nüchterlinge und spießbürgerliche Betrunkene und schüchterne Frechlinge und freche Andächtige?

Der Neger, SW 19, S. 348 f.

Die Besten, Gediegensten sehnen sich wieder nach dem Einfachen.

Aus dem Bleistiftgebiet, Band 1, S. 174

Die Überzeugtheit, man habe recht, enthält fraglos etwas Schwächliches, das heißt Feindseliges, während derjenige, der sich für schlecht usw. hält, zweifellos die Friedfertigkeit selbst personifiziert.

Backfischaufsatz, SW 19, S. 222

Was es doch für mordsfriedliche Leute gibt.

Der Räuber, SW 12, S. 115

Gesellschaftliches

Die Großen sind nicht durch sich selbst groß, sondern durch die andern, durch alle die, denen es ein Entzükken bereitet, sie als groß zu erklären. Durch vieler Leute Würdelosigkeit entsteht diese eine überragende Ehre und Würde. Durch vieler Leute Kleinheit und Feigheit entsteht diese auf einem Punkt aufgehäufte Summe von Größe und durch vieler Leute Verzicht auf Macht diese gewaltige Macht. Ohne Gehorsam ist der Befehlshaber und ohne Diener ist der Herr nicht möglich.

Pauli und Fluri, SW 16, S. 179

Wenn z.B. einer meint, er sei groß, so bedeutet schon allein diese Meinung bereits etwas Kleines. Kommt sich da(ge)gen einer so recht gering vor, so kann das groß von ihm sein, aber er darf sich dessen nicht bewußt sein, sonst fällt er aus dem Zustand der Schönheit, d.h. der Größe heraus.

Aus dem Bleistiftgebiet, Band 4, S. 192

Worin anders besteht die Furcht des Großen als darin, daß es denkbar sein könnte, der Kleine könnte Lust bekunden, seinerseits ebenfalls groß zu werden. Der Kleine braucht gegenüber dem Großen nicht zu befürchten, er könne Appetit danach haben, geringfügig zu werden, denn im allgemeinen trachtet die Menschheit ja seit Adam und Evas Zeiten nach oben.

Aus dem Bleistiftgebiet, Band 4, S. 194

Schaffende, Mühewaltende sind klein.

Aus dem Bleistiftgebiet, Band 5, S. 278

Man ist dort, wo man sich aufhält, klein. Nur, wo man uns entbehrt, können wir viel bedeuten.

Fragment, SW 20, S. 107

Allem Streben, / über das gemeine Leben / uns emporzuheben, / ist ein Ziel gesetzt im Leben.

Aus dem Bleistiftgebiet, Band 4, S. 287

Anspruchsvolle behaupten nie, sie seien es, sondern wünschen, daß man's ihnen anmerke.

Einiges aus meinen Jugendjahren, SW 19, S. 11

Die Leute, die den Ton angeben, wollen uns heiter haben, aber sie wollen uns die Ursachen, heiter und aufgeweckt zu sein, nicht gestatten.

Aus dem Bleistiftgebiet, Band 1, S. 26

Sie glauben immer nur insoweit an einen Menschen, als es ihnen in den Kram, d.h. in ihre Selbstliebe hineinpaßt.

Aus dem Bleistiftgebiet, Band 1, S. 21

Autorität scheint sich auf die schöne Übung zu stützen, den Einfluß nur nuanciert merken zu lassen.

Aus dem Bleistiftgebiet, Band 4, S. 411

Die Erhöhten sollten doch wohl in erster Linie die Offenen, Vertrauenerweckenden sein, oder etwa nicht?

Die »Felix«-Szenen, SW 14, S. 231

Wenn ein Gewaltiger gewaltig bleiben will, soll er in erster Linie Gewalt auf seine Neigungen ausüben.

Aus dem Bleistiftgebiet, Band 1, S. 179

Terrorisierte lernen von den Terrorausübend(en) das Terrorisieren, nicht also das Bezweckte, das Sichbeugen.

Aus dem Bleistiftgebiet, Band 5, S. 38

Hütet euch vor denen, die ihr tretet!

Aus dem Bleistiftgebiet, Band 2, S. 382

Die Hochmütigen wissen nicht, wie einsam sie sind, denn ihr Hochmut bezeugt nur, worüber sie sich nicht bewußt sind. Den Schaden daran trägt die Gesellschaft.

Aus dem Bleistiftgebiet, Band 4, S. 59

Das Elend stirbt nicht aus, so lange die Pracht und das feinere Weltleben fortexistieren.

Der Gehülfe, SW 10, S. 70

Wer mit seiner Genußfreude und -gier vor die Öffentlichkeit treten darf, wem solches die Lebensverhältnisse leicht und gefällig erlauben, der stumpft in der Seele und im Herzen nur zu bald, alles, was darin gebrannt hat, auslöschend, ab.

Der Gehülfe, SW 10, S. 52

Der, der ungerecht ist, kann und muß fast unglücklicher sein als der, der Ungerechtigkeit schluckt. Es befiehlt dir aber niemand, dich ungerecht behandeln zu lassen, und so handelst du eigentlich ungerecht, deswegen, daß du Unrecht hinnimmst, wozu du keinen Grund hast.

Predigt, SW 16, S. 384

Reich ist, wer nicht bös ist. Wenn du kein Gelüst hast, dich zu rächen, kein Gefühl des Zorns hast, bist du nicht die Ärmste. Wer noch weint, ist reich. Wer unrecht hat, ist reich. Zu den Besitzenden gehört nicht der Besitzende, nicht der, der auf dem Recht beharrt, nicht der Starrköpfige, der recht haben will.

Tobold 1, SW 4, S. 53

Nichts macht uns so sehr glauben, wir seien tüchtig, als wenn wir uns etwas geistesarm, empfindungsarm sehen. Vielleicht haben wir ja darin ganz recht. Ehe man sich beherrscht hat, hat man sich seines Fühlens entledigt. Sich beherrschen, das heißt ja eben übers Fühlen hinaustreten, in das man ja doch aber jeweilen sich wieder zurückfinden muß, zurückfinden will. Und auf diese Weise wäre jede Herrschaft schwankend. Und die Dienenden, die, die von Schlägen getroffen werden, wären die Stärkeren, die von sich Erfüllteren. Und die Herrschenden wären die Beunruhigten, die Hilfsbedürftigen. Und Qualen gäbe es zweierlei, glückliche und unglückselige. Und das Herrschen wäre eine Aufgabe, die über die Kraft ginge und sie darum krank machte.

Der Räuber, SW 12, S. 73 f.

Man sei im Dienen schnell, aber im Urteilen so langsam wie im Befehlen und Regieren. Regiert kann gar nicht sorgfältig genug werden. Regieren und kommandieren sind übrigens zweierlei. Im Heraufschrauben sei man so vorsichtig wie im Herabsetzen.

Der Räuber, SW 12, S. 42

Die Reichen sind meistens unzufrieden und unglücklich. Die reichen Leute von heutzutage: sie haben nichts mehr. Das sind die wahren Verhungerten.

Vom Glück des Unglücks (hg. Carl Seelig), S. 26

Gerade die sogenannten Unglücklichen wollen keineswegs bemitleidet sein, denn in denen, die leiden, lebt eine Würde, die mit einer Art Kraft Ähnlichkeit hat, und man würde sich sehr täuschen, wenn man alle Kranken zur Gruppe oder Kategorie der Geschwächten zählte, da sie seelisch oft über weit mehr Widerstandsfähigkeit verfügen als die sogenannten Gesunden.

Über Mozarts »Don Juan«, SW 18, S. 261

Der Ungesunde ist der Entrechtete, nicht der, der von geringer Abkunft ist.

Die Großstadtstraße, SW 15, S. 55

Wer sich nicht geltend macht, wo er eine Herabsetzung spürt, ist unklug.

Die »Felix«-Szenen, SW 14, S. 26

Kann man nicht auch durch das Schweigen verleumden?

Allerlei, SW 3, S. 135

Wir plagen uns gegenseitig, weil wir alle mit irgend etwas geplagt sind. Man rächt sich ja am ehesten im Zustand des Unwohlbefindens. Man rächt sich also weniger aus Bosheit als wegen eines Übels.

Der Räuber, SW 12, S. 61

Verteidigung weitet die Brust. Wer um seine Heimat kämpft, dem schenkt sie geheimnisvolle Kräfte. Wieviel vornehmer ist die Defensive als die Offensive, die ständig beleidigen und verwunden, sich selbst benebeln und mit unnatürlichen Mitteln aufstacheln muß!

Vom Glück des Unglücks, S. 88

Wir können in der Tat schrecklich werden, wenn uns unsere Lage als schrecklich erscheint. Wenn wir vor uns erschrecken, schrecken auch andere vor uns zurück. Ich hoffe, daß jeder von euch das schon einmal in Wirklichkeit erfuhr. Ich bitte Sie, sich hieran zu erinnern.

Die Felix-Szenen, SW 14, S. 238

Einer, der nichts besitzt, kann so friedlich gesinnt sein, wie er will, es schickt sich bei einem solchen kaum, vornehme und schöne Denkweisen an den Tag zu legen.

Aus dem Bleistiftgebiet, Band 5, S. 20

Im allgemeinen scheint mir das eine große Unvorsichtigkeit zu sein, so geradezu und ohne nachdenklichen Vorbehalt, so baff baff einen Menschen sich als wehrlose auszumalen. Das gibt nachher Enttäuschungen, dem Ärmsten, dem Einsamsten und auch dem von Feinden rings Umschlossenen ist eine Waffe gegeben, sogar oft eine sehr wirksame; denn gerade der Einsame ist ja recht eigentlich stets auf Angriff gefaßt und daher stets wohlausgerüstet mit Werkzeugen der glücklichen Verteidigung.

Notizen I, SW 16, S. 387f.

Wo ein hoher, schöner vernunftvoller Kampf anzutreffen ist, nehme ich unter Umständen mit Vergnügen Anteil, warum nicht? wie z.B. am Kampf der Guten gegen die Bösen, der Wohlwollenden gegen die Übelwollenden, der Empfänglichen und Beweglichen gegen die Hartgesottenen und Unempfindlichen, der Aufgeweckten gegen die Unaufgeklärten, der Fleißigen und Arbeitenden gegen die, die nichts tun und dennoch stets obenan stehen, am Kampf der Harmlosen gegen die Pfiffigen und Verschlagenen. Dieses könnte eine Schlacht sein, bei der ich teilnehmen wollte, und da dürfte es meinetwegen Hiebe und Schläge regnen, je mehr, desto besser. Aber in kleine Gehässigkeiten mich zu mischen, muß unter der Würde sein.

Tobold II, SW 5, S. 251 f.

Hand aufs Herz, wo ist heutzutage Geist zu finden, wenn nicht eben in den Zirkeln, von denen sich der gebildete Mensch am liebsten voll Degout abwendet: unten im Keller, unten, tief unten in den Schichten der arbeitenden Bevölkerung?

Die Buben Weibel, SW 15, S. 99

Gut ist nur einigermaßen der, der etwas zu tun hat. Wenn er's getan hat, fühlt er Schlechtigkeiten aus sich herausschauen.

Aus dem Bleistiftgebiet, Band 5, S. 176

Leute, die in geknebelten Stellungen sind und ihre Hoffnungen nicht erfüllt sehen, benutzen gierig die Gelegenheit, um ihrerseits Leuten, die unter ihnen stehen, eins auszuwischen. Ihre Freude ist die Schadenfreude, die sie als Instrument für ihre persönlichen Rachegelüste benützen.

Seelig, Wanderungen mit Robert Walser, S. 82

Es sind unsere Vergeltungsgelüste, die uns voneinander oft nicht loskommen lassen.

Wir verlieren uns nicht so schnell, SW 17, S. 310

Ich weiß nur, daß alle armen Leute in der Fabrik arbeiten, vielleicht zur Strafe, daß sie so arm sind.

Fritz Kochers Aufsätze, SW 1, S. 36

Geld ist so heilig wie Weihnachten, denn ohne Geld läßt sich nicht ein einziges, winziges Weihnachtsbäumchen einkleiden und schmücken.

Briefe, S. 208

Es ist eine Schande, so arm zu sein. Das Traurige ist nur, daß ich nicht mehr im Stande bin, deswegen die reichen Leute zu hassen. Das wäre auch zu dumm, aber es gäbe wenigstens Wärme.

Briefe, S. 15

Stolz und arm! Der seelische Zustand von solchen, die besiegt wurden.

Briefe, S. 348

Niemand sagt die Wahrheit dort in den Kreisen, die in der Welt den Ton angeben. – Vielleicht ist dort ein wahres Wort schon deshalb unmöglich, weil dort die Leute zu klug sind und Tausende von Wahrheiten und Unwahrheiten kennen. Die Kenntnis vom Menschen ist dort zu reich und der Schatz der Erfahrungen schon eigentlich zu groß. Wahrheitsagen setzt in gewissem Sinne Beschränktheit voraus.

Frau Bähni, SW 16, S. 281

Man lebt sich in jemand nur noch mit Mühe hinein, von dem man genau Kenntnis hat.

Brief an ein Mädchen II, SW 18, S. 123

Die Menschen tun gut, wenn sie die Unmenschen menschlich ansehen.

Aus dem Bleistiftgebiet, Band 1, S. 207

Wie abscheulich von den mit Gütern Gesegneten, die Armen ignorieren zu wollen. Besser, man peinige sie, zwinge sie zu Fronen, lasse sie Druck und Schläge fühlen, so entsteht doch ein Zusammenhang, eine Wut, ein Herzklopfen, und das ist auch eine Art Verbindung. Aber sich in eleganten Häusern, hinter goldenen Gartengittern verkrochen zu halten und sich zu fürchten, den Hauch warmer Menschen zu spüren, keinen Aufwand mehr treiben zu dürfen, aus Furcht, er könnte von den erbitterten Gedrückten wahrgenommen werden, drücken und doch den Mut nicht besitzen, zu zeigen, daß man ein Unterdrücker ist, seine Unterdrückten noch zu fürchten, sich in seinem Reichtum weder wohl zu fühlen, noch andere wohl sein zu lassen, unschöne Waffen zu gebrauchen, die keinen echten Trotz und Mannesmut voraussetzen, Geld zu haben, nur Geld, und doch damit keine Pracht: Das ist gegenwärtig das Bild der Städte, und es scheint mir ein unschönes, der Verbesserung bedürftiges Bild zu sein.

Geschwister Tanner, SW 9, S. 149 f.

Es ist Unsinn, Aufstände außerhalb der Städte inszenieren zu wollen. Wer die Städte nicht besitzt, besitzt nicht das Herz des Volkes. Alle erfolgreichen Revolutionen gingen von den Städten aus.

Seelig, Wanderungen mit Robert Walser, S. 14

Bezüglich des Bolschewismusses hatte ich mir vorgenommen zu sagen, ich hielte ihn nicht für eine absolute Neuheit, also nicht für etwas Nochniedagewesenes. Gemeinsame Bestrebungen, die den persönlichen Geschmack, den Eigenwillen, das individuelle Empfinden auszuschalten interessiert gewesen sind, hat es immer gegeben.

Aus dem Bleistiftgebiet, Band 4, S. 168

Wer an dich denkt, will dich ganz einfach essen, / vergißt man dich, bleibst du unaufgefressen.

Aus dem Bleistiftgebiet, Band 6, S. 469

Hühner legen Eier, und zum Dank für dieses Entgegenkommen schlachtet und verzehrt man sie auch noch.

Aus dem Bleistiftgebiet, Band 4, S. 181

Was haben Gänse, Enten usw. Übles getan, daß man sie umbringen muß? Die Verfehlung dieser Geschöpfe besteht darin, daß sie eßbar sind, teilweise sogar einen Leckerbissen für uns Unersättliche bilden, die wir uns so leicht und so gern mit der Medaille für Humanität und Bildung schmücken. Wenn jeder Fleischsuppenesser, Kalbsbratenvertilger an den Entleibungen mithelfen müßte, die zu seiner Beköstigung erforderlich sind, er verlöre vielleicht hin und wieder die Eßlust. Was wir nicht mitansehen, geschieht fast so gut wie nicht für uns.

Aus dem Bleistiftgebiet, Band 4, S. 182

Alles muß sich heute eben mit Rentabilität legitimieren. Legitim ist das Auskommen, d.h. die Verzinsung, die rechtzeitige Deckung der Unkosten, verbunden mit einem Gewinn.

Aus dem Bleistiftgebiet, Band 4, S. 56

Jeder Profitierende wird seinerseits [ein] Profitierter. Man wird ausgenützt und nützt selbst aus. Irgendwie kommt immer ein Ausgleich vor. Jedenfalls empfiehlt sich meiner Meinung nach eine solche Denkweise.

Aus dem Bleistiftgebiet, Band 5, S. 48

Wie können erwachsene Menschen Lust zeigen, geschmückt einherzugehen, so lange es Kinder gibt, denen jeder äußere Schmuck mangelt?

Vielleicht könnte man aber mit ebensoviel Recht sagen,

daß niemand ins Konzert gehen oder eine Theatervorstellung besuchen oder sonst irgendwelche Lustbarkeit genießen sollte, solange es Strafanstalten mit unglücklichen Gefangenen in der Welt gebe. Solches geht selbstverständlich zu weit; denn wenn jemand mit Genießen so lange warten wollte, bis er weder Armut noch Unglück mehr antreffen würde, so müßte er bis ans unausdenkbare Ende aller Tage und bis ans graue, eisigkalte, öde Ende der Welt warten, und bis dahin dürfte ihm jedwede Lebenslust gründlich vergangen sein.

Der Spaziergang, SW 7, S. 140

Verdacht fällt leicht auf Leute, die auffallen. Man kann mit Kleidern, aber auch mit Leistungen Aufsehen machen.

Aus dem Bleistiftgebiet, Band 1, S. 194

Wer mit seiner Genußfreude und -gier vor die Öffentlichkeit treten darf, wem solches die Lebensverhältnisse leicht und gefällig erlauben, der stumpft in der Seele und im Herzen nur zu bald, alles, was darin gebrannt hat, auslöschend, ab.

Der Gehülfe, SW 10, S. 52

Unsere Zufriedenheit macht auf die Umwelt den Eindruck von etwas Gefühllosem.

Ich nannte mich Tannhäuser, SW 17, S. 47

Einzelne sollten sich im Gesamtinteresse so zu nützen suchen, daß irgendein anderer dadurch nicht geschädigt, bloßgestellt wird... Meine Meinung ist ferner, daß eine Rücksichtslosigkeit die andere pflanzt, was ich auch so formulieren kann: wer auf dich nicht Rücksicht nimmt, auf den kannst du auch keine nehmen, da du dich sonst erniedrigen würdest.

Bleistiftskizze, SW 19, S. 119f.

Auf eine begangene Untat will die neue folgen, genau wie eine Wohltat die andere nach sich zieht.

Sebastian I, SW 16, S. 158

Eins lebt vom andern. Es gibt Bestellende und Bestellungsübernehmende, d.h. solche, die herstellen lassen und Geld zu verdienen geben, und Herstellende, die einen Nutzen aus der Nichtsnutzigkeit derjenigen ziehen, die, ohne zu arbeiten, existieren können.

Das Kaffeehaus, SW 20, S. 47

Man darf nette Leute nicht verwöhnen, sonst verlieren sie das Nette, werden unartig. In dieser Hinsicht geht es uns allen ähnlich. Wenn ich zu netten Leuten nicht nett bin, so will das bloß heißen: Ich bin bemüht, daß sie nett bleiben, nicht aus der Höflichkeit herausfallen. Höfliche Leute macht man dadurch unhöflich, daß man höflich mit ihnen ist.

Aus dem Bleistiftgebiet, Band 1, S. 216

Verwöhnte und bedeutende Leute wollen umflattert sein bis zur Belästigung. Wenn man ihnen nicht schmeichelt bis zur Geschmacklosigkeit, ist man ihr Feind.

Pauli und Fluri, SW 16, S. 179

O, wie sind Menschen, die sich verwöhnen lassen, empfindlich.

Die Felix-Szenen, SW 14, S. 17

Verwöhnte Menschen leiden schrecklich unter verletzter Eigenliebe.

Frau Bähni, SW 16, S. 280

Niemand ist leichter zu täuschen, als wer in sich selbst verliebt ist.

Schreiben an ein Mädchen, SW 16, S. 316

Es gibt Leute, die einen nicht zu grüßen wagen, weil sie denken, es könnte unmöglich sein, man erwidere etwa ihre Höflichkeit nicht.

Beitrag zur C.F. Meyer-Feier, SW 17, S. 69

Ein Witzblatt machte sich über eine hochstehende Persönlichkeit lustig. Dieselbe ohrfeigte dafür denjenigen, der ihr das Blatt überbrachte. Könnte man nicht hamlethaft vom Horizont sagen, er sei von Wolken bedeckt, die wie Kamele aussehen?

Exposé, SW 18, S. 162

Dummheit ist etwas so Aristokratisches.

Ophelia, SW 17, S. 290

Das Schöne und Reiche ist immer ein ganz klein wenig dumm.

Dinerabend SW 3, S. 74

Es wird wohl so und nicht anders sein, daß wahrscheinlich unsere Gedanken uns nicht aufblähen, sondern niederbeugen, Stolz und Hochmut mit ihrem Gewicht erdrücken. Nur gedankenarme Leute sind imstande, sich groß vorzukommen.

Leben eines Malers, SW 7, S. 25

Wenn man nur recht weiß, wie wenig man weiß, kann es noch gut kommen.

Geschwister Tanner, SW 9, S. 248f.

Die Dummheit wohnt in der Nähe der Gemeinheit.

Beitrag zur Psychologie des Talents, SW 15, S. 22

Man darf nie Erbarmen voraussetzen, immer aber Sehnsucht nach Unterhaltung.

Die Ruine, SW 17, S. 136

Wer irgendwo und -wie an der Spitze steht, wird zu etwas Spitzigem gemacht und könnte beinahe ein Spitzbube sein oder einer, der die Spitzen, die bei den Damen ins Gewicht fallen, gern hat.

Briefe, S. 320f.

Die wahrhaft Starken treten nicht gern stark auf.

Der Räuber, SW 12, S. 113

Um darzutun, was sie sind, brauchen wahrhaft große Herren nur harmlos aufzutreten; sie haben nicht nötig, viel Stolz zu zeigen. Großtuerisches Gehaben steht ohne Zweifel kleinen Menschen weit besser an als großen.

Aus Tobolds Leben, SW 6, S. 89

Ein Portemonnaie stellt Beziehungen her und ändert Ansichten. Was auseinanderlotterte, leimt Geld unglaublich flink zusammen.

Brief an Edith, SW 8, S. 42

Wer mit dem, was er hat, zufrieden scheint, der hat Aussicht, noch etwas dazu zu erhalten, denn man neigt ihm gegenüber zur Willfährigkeit, weil man sieht, daß er zu besitzen versteht.

Der Räuber, SW 12, S. 150

Gibt es nur einen einzigen darlehenfähigen Menschen auf der Welt?

Der Gehülfe, SW 10, S. 104

Haben Sie bemerkt, daß fast alle Geizhälse steinalt werden? Es ist, als grauste es selbst dem Tod vor ihnen.

Seelig, Wanderungen mit Robert Walser, S. 105

Das Geld macht die Menschen erst zu Juden. Ein armer Jude ist kein Jude und reiche Christen... das sind doch die ärgsten Juden.

Jakob von Gunten, SW 11, S. 48

Eigentlich gleichen sich die Leute, die sich bemühen, Erfolg in der Welt zu haben, furchtbar. Es haben alle dieselben Gesichter. Eigentlich nicht, und doch. Alle sind einander ähnlich in einer gewissen, rasch dahinsausenden Liebenswürdigkeit, und ich glaube, das ist das Bangen, das diese Leute empfinden. Sie behandeln Menschen und Gegenstände rasch herunter, nur damit sie gleich wieder das Neue, das ebenfalls Aufmerksamkeit zu fordern scheint, erledigen können. Sie verachten niemanden, diese guten Leute, und doch, vielleicht verachten sie alles, aber das dürfen sie nicht zeigen, und zwar deshalb nicht, weil sie fürchten, plötzlich etwa eine Unvorsichtigkeit zu begehen. Sie sind liebenswürdig aus Weltschmerz und nett aus Bangen. Und dann will ja jeder Achtung vor sich selber haben. Diese Leute sind Kavaliere. Und sie scheinen sich nie ganz wohl zu befinden. Wer kann sich wohl befinden, wer auf die Achtungsbezeigungen und Auszeichnungen der Welt Wert legt? Und dann glaube ich, fühlen diese Menschen, da sie doch einmal Gesellschafts- und durchaus keine Naturmenschen mehr sind, stets den Nachfolger hinter sich. Jeder spürt den unheimlichen Überrumpler, den heimlichen Dieb, der mit irgendeiner neuen Begabung dahergeschlichen kommt, um Schädigungen und

Herabsetzungen aller Art um sich herum zu verbreiten, und deshalb ist in diesen Menschenkreisen der ganz Neu-Auftretende immer der Gesuchteste und Bevorzugteste, und wehe den Älteren, wenn sich dieser Neue durch Geist, Talent oder Naturgenie irgendwie auszeichnet.

Jakob von Gunten, SW 11, S. 115

Es geht im Leben insofern eigentümlich zu, als dasjenige, was wir geringschätzen, mit dem wir lediglich spielen zu können meinen, uns fester hält, intensiver anzieht, als das, was wir hochachten oder bewundern. Die Hilflosen stehen unter göttlicher Protektion; sie besitzen eine für unser Begriffsvermögen unfaßliche Anziehungskraft.

Zwei Männer reden, SW 17, S. 417

Herrische Naturen brechen leichter zusammen, müssen schneller krank und matt werden als geduldige und folgsame.

Das Bild des Vaters, SW 7, S. 169

Tyrannen sind nie groß. Tyrannei schließt jede Größe aus, deshalb, weil die unausgesetzte Lüsternheit sie blind macht.

Tell, SW 15, S. 31

Höbe und trüge mich eine Hand, ein Umstand, eine Welle bis hinauf, wo Macht und Einfluß gebieten, ich würde die Verhältnisse, die mich bevorzugten, zerschlagen... Ich kann nur in den untern Regionen atmen.

Jakob von Gunten, SW 11, S. 145

Ich bin nicht gern der Besitzer von etwas Halbem, lieber will ich zu den ganz Besitzlosen gehören, dann gehört mir meine Seele wenigstens noch an.

Geschwister Tanner, SW 9, S. 17

Bewußtheit des Zieles ist die lebhafte Empfindung derjenigen, die, der Not und dem Elend entsprungen, neuer Not und neuem, noch gräßlicherem Elend ins Auge blicken.

Tell, SW 15, S. 29

Wie keck die sind, die sich Illusionen machen. Weiß Gott, ich hasse sie, die von ihren Mitmenschen mutig genug sind, Gutes zu halten.

Aus dem Bleistiftgebiet, Band 2, S. 454

Was nützen der Welt die klugen Köpfe, wenn sie im Verborgenen dahinleben, was nützen die bloßen Erfindungen? Eine Erfindung ist eine Arbeit, aber kein Wagnis, ein bloßer hoher Gedanke rüttelt nicht das Kleinste am bestehenden Bau der Welt. Die Ideen müssen sich verwirklichen, die Gedanken streben nach der Verkörperung.

Der Gehülfe, SW 10, S. 174f.

Man darf die Gesellschaft nicht negieren. Man muß in ihr leben und für oder gegen sie kämpfen.

Seelig, Wanderungen mit Robert Walser, S. 12

Überall diese Beschwerden, diese Fülle verschwendeter Entrüstetheiten, diese Flüsse anscheinend total überflüssiger Bildungs- und Intelligenzströme, ich meine, diese weitverbreitete, man darf vielleicht des Glaubens sein, biedermeierliche Gewohnheit, das Leben lediglich oder größtenteils mit den Lippen, dem redenden, sprechenden, reflektierenden, reklamierenden Mund zu erleben, statt alle Gewandtheit daraufhin zu lenken, es wirklich zu erleben, es zu etwas Wirklichem zu gestalten. Millionen von Zeitgenossen scheinen sich angewöhnt zu haben, ein Leben des Räsonnierens zu führen.

Auch die Politik scheint mir voll hievon zu sein. Die Tagespolitik bedeutet ja auch weiter nichts als Leben, und sobald sie sich aufs Reflektieren verlegt, d. h. auf ein sich nicht genügend auf die Wirklichkeit stützendes Pathos, verliert sie gleichsam den Atem, wird ausdruckslos, leblos.

Ich schreibe hier einen Aufsatz, SW 19, S. 116

Das Bisherige versperrt dem Kommenden den Weg.

Die Natur, SW 16, S. 403

Mit Energie das Rechte und Vernünftige tun: darin liegt auch Genie, und nur auf solche Art kann Deutschland und mit ihm Europa dem Sturz ins Nichts entgehen.

Seelig, Wanderungen mit Robert Walser, S. 95

Mir kommt es philiströs vor, den Staat mit moralischen Ansprüchen zu molestieren. Der Staat hat als erstes die Aufgabe, stark und wachsam zu sein. Die Moral muß die Angelegenheit des Individuums bleiben.

Seelig, Wanderungen mit Robert Walser, S. 25

Den Völkern bekommt es besser, wenn sie von mediokren Naturen regiert werden. Im Genie lauern fast immer Bösartigkeiten, die von den Völkern mit Schmerz, Blut und Schande bezahlt werden müssen.

Seelig, Wanderungen mit Robert Walser, S. 145

Da die Diktatoren fast immer aus den unteren Volksschichten aufsteigen, wissen sie genau, was das Volk ersehnt. Indem sie ihre eigenen Wünsche erfüllen, erfüllen sie auch die seinigen. – Das Volk liebt es, daß man ihm etwas zuliebe tut, daß man bald väterlich-lieb und bald streng mit ihm ist. So kann man es sogar für Kriege gewinnen.

Seelig, Wanderungen mit Robert Walser, S. 27

Es gibt ja allerdings einen sogenannten Fortschritt auf Erden, aber das ist nur eine der vielen Lügen, die die Geschäftemacher ausstreuen, damit sie um so frecher und schonungsloser Geld aus der Menge herauspressen können. Die Masse, das ist der Sklave von heute, und der einzelne ist der Sklave des großartigen Massengedankens.

Jakob von Gunten, SW 11, S. 67

Die Menschheitsgeschichte läßt nicht zwei total ähnliche Menschenexemplare zu. Daher sind solche, die das Bedürfnis oder die Gewohnheit haben, Vergleichungen zu ziehen, beispielsweise sich an berühmte Muster anzuklammern, immer etwas wie Düpierte. Kein Mensch ist ganz wie ein anderer. In dieser Hinsicht gibt es eine Feinheit des Naturspiels und eine Freiheit des Immerwiederaufkommens von neuartigen Erscheinungen, über die man sich allgemein freuen würde, wenn man allerseits nicht gebildet scheinen, sondern sein wollte.

Ferienreise, SW 17, S. 432f.

Müssen immer die Lieben aufessen, was die Bösen und Unbedachtsamen eingebrockt haben?

Der Räuber, SW 12, S. 72

Ob vielleicht der gute Wille einmal gegen den bösen ins Feld zieht? Dann wäre dies aber keine äußere, sondern eine innere Schlacht, denn der Feind ist in jedermanns Wesen. Bildung allein, harte, mühsame Arbeit am eigenen Wesen und Kampf eines jeden gegen sich selbst werden in den Feldzügen der Menschheit nach langer Zeit vielleicht den Sieg erringen.
Frieden und Freiheit können nur dann unter uns sein, wenn jeder jeden zufrieden und frei läßt. Erst müssen Frieden und Freiheit in uns allen selbst sein, ehe sie existieren können.

Sonntag, SW 16, S. 32f.

Man gehorcht zu wenig sich selber, woraus eine Folgsamkeit gegenüber anderen Leuten entstand.

Traktat, SW 16, S. 379

Erst wenn du selbst stark bist, kannst du dir gönnen, andere zu unterstützen.

Traktat, SW 16, S. 381

Wer am Ruder ist, kann sich den Luxus der Gutmütigkeit erlauben.

Aus dem Bleistiftgebiet, Band 5, S. 85

Wahrhaft arm sein heißt, reich scheinen müssen.

Fritz Kochers Aufsätze, SW 1, S. 54

Wer nichts gibt, ist der wahre Arme, und wer nichts als stets einzunehmen hofft, ist so arm, wie es mir nicht zu sagen gelingt.

Die Natur, SW 16, S. 403

Wer sich anderen vorenthält, entzieht sich [sich] selbst, wer anderen nichts gibt, gibt auch sich nichts.

Aus dem Bleistiftgebiet, Band 2, S. 345

Im Grund ist nur der berechtigt, Zuschauer zu sein, der seinerseits sich schon tüchtig hat anschauen lassen.

Ich schreibe hier einen Aufsatz, SW 19, S. 117

Uns ist wertvoll, was uns in Anspruch nimmt. Wer uns vertraut, wird schön, die, die wir [er]freuen können, sind die, nach denen es uns hinzieht.

Aus dem Bleistiftgebiet, Band 2, S. 426

Beschäftigung ist eine Retterin, die uns aus Ungenügsamkeiten zieht. Wie soll im großen Frieden entstehen, wenn im kleinen nichts als genörgelt, gestichelt wird.

Nachtgedanken, SW 17, S. 142

Ist's nicht das bißchen Betätigung, das uns die Fröhlichkeit verschafft, deren wir bedürfen?

Wissen und Leben, SW 19, S. 78

Wer ist schuld, daß ich mich wehren muß, anstatt daß mich die Zuversicht begleiten würde, daß man mir Gutes zumutet.

Aus dem Bleistiftgebiet, Band 4, S. 54

Emporschauen kann das bessere Geschäft sein als Herabblicken.

Sätze, SW 19, S. 231

Ich halte alle Leute für höchst arm, mithin auch die Einflußreichen. Ich betrachte mich nicht mehr und nicht weniger als arme Kreatur wie irgendeinen Regenten.

Notizen I, SW 16, S. 388

Siegen und Triumphieren mögen herrlich sein, soviel sie wollen, immer aber bleiben am Erfolge die Tränen von Enttäuschten und Zugrundegerichteten kleben, was jedenfalls unschön ist. Kämpfen mag wohl gut, Siegen jedoch kann unmöglich gut sein.

Das Bild des Vaters, SW 7, S. 160

Wer selber arm und einsam gewesen ist, der versteht andere Arme und Einsame nachher um so besser. Wir sollten unsern Mitmenschen wenigstens verstehen lernen, da wir sein Unglück, seine Schmach, seinen Schmerz, seine Kraftlosigkeit und seinen Tod nicht zu verhindern vermögen.

Frau Wilke, SW 6, S. 102

Nie wünschte ich es besser zu haben als zahlreiche andere. Zu keiner Stunde verhehlte ich mir, daß Sorgen bildend wirken und daß die Bestürzung, weil sie für uns hinderlich und unangenehm sei, den Charakter kräftige.

Heimkehr im Schnee, SW 16, S. 302

Wenn ich auch einer der ärmsten Teufel bin, so fällt es mir doch nicht ein, mir das merken zu lassen, im Gegenteil, die Geldverlegenheit verpflichtet gewissermaßen zu einem stolzen Benehmen. Wäre ich reich, so dürfte ich mir vielleicht den Schlendrian noch erlauben. So aber nicht, weil der Mensch auf ein Gleichgewicht bedacht sein muß.

Geschwister Tanner, SW 9, S. 273

Knechtisch gesinnt ist der, der anders gesinnt sein könnte und der eigentlich verpflichtet wäre, anders gesinnt zu sein. Feig ist der, der da ganz genau weiß, daß er Mut und Tapferkeit zeigen sollte... Es gibt Leute, die durch gemeine, feige Haltung hoch emporsteigen, während ihnen, wenn sie sich mannhaft und charakterfest aufführen würden, das Leben sauer gemacht werden könnte.

Vier Bilder (II), SW 16, S. 81

Höfliche Leute haben es meistens faustdick hinter den Ohren.

Seelig, Wanderungen mit Robert Walser, S. 51

Klugheit, wie boshaft bist du.

Die Felix-Szenen, SW 14, S. 204

Jedes Getöse hat für den Verursacher etwas Angenehmes. Ich weiß das aus eigener Erfahrung. Man kommt sich mutig vor, wenn man lärmiert.

Klopfen, SW 17, S. 199

Naturen, die den Frieden und das gute Übereinkommen verkörpern, werden allgemein nur obenhin angeschaut, mithin allzuleicht, und zwar immer eben zugunsten derjenigen gering geachtet, die den Sturm und aufwühlende Heftigkeiten in die Welt zu setzen geneigt sind.

Das Bild des Vaters, SW 17, S. 166f.

Wer nicht entbehren kann, betrügt sich um die Schönheit des Lebens. Die besten Früchte reifen oft im Schatten der Armut.

Vom Glück des Unglücks, S. 29

Es geht leicht schief, wenn Leute an zu kühnen Plänen und zu hohen Ideen kranken. An Bescheidenheit und Selbstbeherrschung sind bis heute, wie ich zu vermuten wage, bedeutend weniger Menschen gestorben als an Herrsch- und Gewinnbegierde wie überhaupt an jeglicher Sorte Ungezügeltheit. Da ich jedoch überzeugt bin, daß ein Allzuviel auch in Dingen der Moral ungesund ist, so zügle, bündige, mäßige und bezähme ich mich und sage hierüber lieber nicht zu viel. Ich hätte diesbezüglich allerlei auf der Zunge, will es aber verheimlichen, indem ich mir sage, daß es genüge, nach allen Seiten hin hübsch aufzupassen und verteidigungsfähig zu bleiben. Wohin man blickt, lauern Gefahren. Alle Gedanken und Dinge drehen sich wie die Erde, alles ist spiegelglatt, kugelrund und abschüssig.

Büren, SW 16, S. 39

Wessen man bedarf, entfaltet sich von selber; was man nicht nötig hat, bleibt unentwickelt.

Der Spaziergang (II), SW 20, S. 85

Dort, wo die Nächstenliebe wohnt, ist die Menschheit eine Familie, und es kann dort niemand glücklich sein, wenn nicht jedermann es ist. ...Es herrscht [dort] niemand, außer jedermann über sich selber. Alles dient dort allem, und der Sinn der Welt geht deutlich dahin, den Schmerz zu beseitigen. Niemand will genießen; die Folge ist, daß alle es tun.

Phantasieren, SW 16, S. 98f.

Liebe Mitmenschen, sprecht euch doch nicht so schnell gegenseitig den Wert ab. Redet nicht bloß von Hemmungen, sondern nehmt in Wirklichkeit Rücksicht darauf. Tut ihr das, so würde es soundsoviel mehr geachtete und darum auch freudige und fleißige Bürger und Bürgerinnen geben. Man sei im Dienen schnell, aber im Urteilen so langsam wie im Befehlen und Regieren. Regiert kann gar nicht sorgfältig genug werden. Regieren und kommandieren sind übrigens zweierlei. Im Heraufschrauben sei man so vorsichtig wie im Herabsetzen.

Der Räuber, SW 12, S. 42

Wir übertragen leicht unsere eigenen Fehler auf Mitbürger, die ja nicht eigentlich gerade dazu da sind.

Der Räuber, SW 12, S. 37

Man soll einander nicht Wahrheiten sagen, das führt zur Auflösung des Geselligen.

Der Taugenichts, SW 14, S. 138

Absolut unbegreifliche Schlechtigkeiten existieren nicht. Wir vermögen jede Verirrung zu fassen. Warum machen wir aus kleinen Fehlern oft solch ein Geschrei.

Das kommt daher, weil uns Unbefriedigendes an anderen befriedigt.

Die »Felix«-Szenen, SW 14, S. 239

Was man Gesellschaft nennt, das ist und bleibt so ein Gemisch von Frivolität und engster Engherzigkeit, von Aufstachelung und Prüderiegeflüster.

Aus dem Bleistiftgebiet, Band 1, S. 280

In einem kleinen europäischen Land werden jährlich achtzig Millionen für Militärzwecke verausgabt... Wie wir uns voreinander fürchten!
Haben wir wirklich so gewichtigen Grund dazu?
Es scheint so. Aber da sieht man, was uns unsere Habsucht, unsere Eigenliebe, unsere Unduldsamkeiten für ein Heidengeld kosten. Und überall ist das so, und wie soll es sich ändern können, wenn sich dieses Leben, die Seelen, die Nerven, die Menschen nicht ändern wollen oder nicht können? Ich bin überzeugt, daß die Kriege aus dem Schoß der Gesellschaft selbst emporkeimen mit bleichem, großem, verständnislosem, aufgedunsenem Gesicht. Der Krieg ist eine Mißgeburt, halb Mädchen, halb Mann, halb Störender und halb Gestörter, und er läuft erschrocken unter uns herum, über sich selbst entsetzt wie ein hunderttausend Jahre altes Schmerzenskind. Ich glaube meinerseits nicht an die Grenzlichkeits- und Nationalkriege; vielmehr glaube ich, daß sich die Kriege stets die Grenzlichkeiten und Zugehörigkeiten zu den Nationen so zum Vorwand genommen haben,

daß sie aber weiter nichts als Geschöpfe unserer Unvorsichtigkeiten sind, Unzufriedenheitentstiegene, denn auch in Friedenszeiten »bekämpfen« wir uns ja immer: Junge wollen von Alten nichts wissen, Gesunde von Kränklichen nichts, Mutige von Zaghaften nichts, und eins fürchtet und verachtet und bewundert und mißversteht das andere, und wie wird überall die Bildung vernachlässigt, die, wenn es richtig zuginge, maßgebend zu sein hätte. Wir geben nicht acht auf uns, und weil wir dazu nicht in die Lage kommen zu können scheinen, geben wir jährlich für die Abwehr eines eventuellen Feindes achtzig Millionen aus.

Tagebuchblatt (III), SW 17, S. 149 f.

Ich bin der Meinung, es müsse stets, abgesehen von der Unvorteilhaftigkeit großer militärischer Konflikte, etwas wie Kampf oder Krieg in der Welt sein, was ein Mittel sei, sie vor dem Einschlafen zu bewahren.

Briefe, S. 294

Die Not ist überall in der Welt nicht der einzige, aber doch ein unentbehrlicher Lehrmeister. Zusammenhänge leiten in Risse, wohingegen Zerwürfnisse zu Anschlüssen, ich möchte sagen, in höheren Sinn führen. Leutseligkeit will auch mal zanken, indes der Zank schließlich auch zur Geduld Gelegenheit und Lust in sich und um sich findet.

Aus dem Bleistiftgebiet, Band 1, S. 233

Mächtig sein, d.h. sich wohl befinden, innerlich schön sein usw. beruht darauf, daß es nichts Beunruhigendes für uns hat, die eigenen sowie die Kräfte der anderen zu kennen.

Kasimirs Lebenslauf, SW 17, S. 217

Man kann Einrichtungen, die man geschaffen hat, Institutionen, die ins Leben gerufen wurden, nicht abschütteln. Was ich leiste, zustande bringe, verpflichtet mich.

Der Bahnhof, SW 20, S. 76

Wenn heute einer sich hundertmal vornehmen wollte, ein Pestalozzi zu werden, es gelänge ihm nie und nimmer, und zwar deshalb nicht, weil die Bedingung, die Voraussetzung, das Feld, die dringende, absolute Not nicht da ist. Es bedarf immer eines Bedarfes. Dies gilt für Menschen so gut wie für Waren usw.

Briefe, S. 275

Der Anstand gebietet uns, achtzugeben, daß wir mit uns selber ebenso streng verfahren wie mit andern, daß wir andere ebenso milde beurteilen wie uns selber, und letzteres tun wir ja bekanntlich jederzeit unwillkürlich.

Der Spaziergang, SW 7, S. 136

Wenn wir uns selbst willkommen sind, haben wir am meisten Aussicht, es auch der Mitwelt zu sein.

Café Chantant, SW 19, S. 52

Man muß die Regenten stutzig machen. Geh mit deiner Zufriedenheit, mit deiner Genugtuung, mit deinem Stolz, mit deiner Ehre zu ihm, nicht aber mit dem Kummer, den du durchaus nicht das Recht hast, bei ihm abzuladen, als wenn er der Sammelkasten, Eimer und Kübel für deine Besorglichkeiten, Nachdenklichkeiten und Mißvergnügtheiten sei. Nimm Rücksicht auf ihn; alsdann muß auch er auf dich Rücksicht nehmen. Zeige ihm ein heiteres Gesicht; alsdann wird auch er dir eine heitere Miene zeigen, und ich glaube nicht, daß er es dann an Höflichkeit und Freundlichkeit noch wird fehlen lassen. Er ist kein unfeiner Mensch.

Du leidest unter ihm und hast zugleich Mitleid mit ihm, und das wirst du mir erlauben, eine recht schlechte, törichte Verfassung zu nennen. Erstens hast du nicht nötig, unter ihm zu leiden, und zweitens hat er nicht nötig, sich von dir bemitleiden zu lassen. Ich für mich sehe nicht das geringste Bemitleidenswürdige an ihm… Auf der einen Seite peinigen und dazu Mitleid herausfordern, und auf der anderen Seite Gepeinigtsein und dazu Mitleid mit dem Peiniger zu haben. Das ist mit einem Wort Krankheit, aber ich halte diese Krankheit bloß für einen Mangel an Geschicklichkeit und für einen Mangel an Bemühen, sich daraus hinauszuwinden.

Predigt, SW 16, S. 385 f.

Recht und Unrechthaben, sind Talentangelegenheiten.

Aus dem Bleistiftgebiet, Band 2, S. 417 f.

In allem hatte er recht; mithin war mit ihm nichts anzufangen.

Das Halsband, SW 20, S. 356

Ist einer wunderlich, so martert er in erster Linie sich selbst und foltert mit seinem Sich-selbst-Foltern die, mit denen er zu tun hat.

Aus dem Bleistiftgebiet, Band 5, S. 131

Es kommt alles auf das Benehmen an, wenn man seine Zwecke erreichen will.

Geschwister Tanner, SW 9, S. 285

Fast red' ich wie ein Sozialist, gehöre aber darum noch nicht zur Partei, wie ich lieber für immer unparteiisch bliebe, damit ich nach allen Seiten freie Hand und freien Geist behalte.

Theodor, SW 17, S. 352

Politisch scheine ich dann zu sein, wenn ich mir angewöhnt habe, statt irgend etwas zu wissen, bloß für möglich zu halten, ich wisse etwas.

Aus dem Bleistiftgebiet, Band 4, S. 409

Wie er zur Politik stand, wollen wir einstweilen lieber ununtersucht lassen; ebensowenig sollen wir ausmitteln oder nur anfragen wollen, ob er fleißig zur Kirche ging oder nicht. Alltägliches, Natürliches, Nützliches, Dienliches und Praktisches war es, das ihm nahe lag.

Poetenleben, SW 6, S. 127f.

Unzeitgemäße Vorschläge

Ich bin überzeugt, daß wir viel zu wenig langsam sind.

Sätze, SW 19, S. 232

Unsere Zeit ist grausam mit ihrem ausgesprochenen Nützlichkeitswesen. Ausnützen, Nützlichsein, Dienlichsein sind die drei befehlshaberischen Worte der Zeit, in der wir leben. Das Edle und Schöne muß sich dem unerbittlichen Mechanismus einordnen, sonst stirbt es. Vielleicht war das übrigens immer so. Es kann sein, daß uns die Vergangenheit manchmal nur allzu schön vorkommt.

Martin Weibel, SW 16, S. 211 f.

Wie wir alle geschickt sind. Diese ihren Wert um ihres massenhaften Vorkommens willen teilweise einbüßenden Tadellosigkeiten. Diese überall verbreitete »Lebenskunst«!

Ich soll arbeiten, SW 17, S. 79

Ja, es gibt noch aufwachsende Menschen, die nicht im Handumdrehen mit einer entsetzeneinflößenden Geschwindigkeit mit ihrem Innen- und Außenleben fertig werden, als wären Menschen bloß Semmeln, die man in fünf Minuten herstellt und hierauf verkauft, damit sie verbraucht werden. Es gibt gottlob noch Zweifler und solche, die zu zaudern den Drang haben. Als wenn jeder Zupackende, Einsackende, Ansprüchemachende uns ein Vorbild und dem Land, dem er angehört, ein guter Mitbürger wäre. Eben gerade nicht! Und Unfertige sind fertiger als Fertige, und Unbrauchbare oft viel brauchbarer als Brauchbare, und im übrigen braucht nicht jedes und alles sogleich oder in allerkürzester Frist zum Gebrauch vorhanden zu sein. Es lebe nur fröhlich weiter auch in unseren Zeiten ein gewisser menschlicher Luxus, und eine Gesellschaft fällt dem Teufel in die Hand, die jede Gemütlichkeit und Gehenlassigkeit ausmerzen will.

Der Räuber, SW 12, S. 69f.

Leuten, die in sausendem Automobil sitzen, zeige ich stets ein hartes Gesicht. Sie denken dann, daß ich ein von hoher Obrigkeit beauftragter scharfer, bösartiger Aufpasser und Polizist in Zivil sei, der aufs Fahren aufpaßt, sich die Nummer des Fahrzeuges merkt, um selbige später gegebenen Ortes zu hinterbringen. Finster schaue ich auf die Räder, auf das Ganze, nie jedoch auf die Insassen, die ich, zwar keineswegs persönlich, aber rein grundsätzlich verachte, da ich nimmermehr begreife, wie man es ein Vergnügen nennen kann, so an allen Gebilden, Gegenständen, die unsere schöne Erde aufweist, vorüberzurasen, als sei man toll geworden und müsse rennen, um nicht zu verzweifeln.

Der Spaziergang, SW 7, S. 95f.

Nichtstun und dennoch Haltung beobachten, das fordert Energie, der Schaffende hat es leicht dagegen.

Jakob von Gunten, SW 11, S. 71

Anspruchslosigkeit ist eine Waffe, vielleicht eine der glänzendsten, die es im Leben gibt.

Aus dem Bleistiftgebiet, Band 5, S. 84

Man ist zuallererst dadurch eine Persönlichkeit, daß man sich nicht überhebt, daß man hiezu gar keine Lust hat. Hoch schätzt eine Persönlichkeit das Natürliche ein. Niemals wünscht sie, sie bilde eine Ausnahme. Sollte sie eine solche sein, so empfiehlt ihr die Vernunft, sich glauben zu machen, daß dies niemand etwas angehe. Indiskretionen liebt sie nicht, sie duldet sie bloß, und es ist klar, daß sie sie verachtet und daß sie das Recht dazu hat. Ihre immer sich wiederholende Bemühung besteht darin, daß sie sich die Zeit vorstellt, wo sie ›ein Knabe‹ war, d.h. eine Persönlichkeit geht, um sich in sich zurechtzufinden, unwillkürlich im Geiste rückwärts, sie macht (sich) schon aus Gesundheitsrücksichten gern gering... Es charakterisiert sie, daß sie ein Reich für sich bildet, das sie sich täglich neu herstellt, aber gewiß läßt sie aus Höflichkeit mit sich spielen, denn sie sieht ein, daß sie nicht allein da ist und daß ein Sinn darin liegt, andern etwas zu bedeuten, gleichviel was.

Aus dem Bleistiftgebiet, Band 4, S. 189

Gedacht schien früher mehr geworden zu sein, als es beispielsweise in heutiger Zeit geschieht, wo die Redensarten die Gedanken verjagen und das Vielbeschäftigtsein ein feiner und artiger Feind des Denkens geworden ist, das an und für sich da sein will, wie ein Himmel oder ein Meer; das man nicht erfrischt, dem man nicht nützlich ist, wenn man es zu Nützlichkeitszwecken unterjocht.

Heroische Landschaft, SW 20, S. 171f.

Auch das Nichtstun ist ein Metier, es stellt sehr viele Anforderungen. Nüchterne und fleißige Leute haben davon keine Ahnung.

Der Taugenichts, SW 14, S. 141

Wir haben Arbeitslustige im Lande genug aber es fehlt in jeder Hinsicht an Lebenskünstlern und -künstlerinnen, d.h. an Menschen, die friedlich und glücklich auch ohne tägliche Arbeit zu sein vermögen.

Aus dem Bleistiftgebiet, Band 4, S. 69

Was macht die Hauptstadt mit ihren heftigen Energien? Meine Energie ist hübsch schlafen gegangen einstweilen. Ich gehe sehr energisch baden und träume voller Energie in die blaue Luft hinauf. Ich bin ungemein energisch im Gehenlassen und Nichtstun. Sie rennen sich doch nur oft die Köpfe an Mauern wund mit ihrem ewigen Großes-Verrichten-Wollen. Ich, ich will mich hier wieder recht behaglich zurechtfinden. Ich will gedeihen, ich will wachsen. Das heißt, Bester: ich will es nicht. So etwas darf man nicht wollen, sondern man wünscht es, man hofft es bloß, man träumt davon. Ich bin jetzt sehr oft ganz, ganz gedankenlos, und wie paßt das zu all der Schönheit, zu all der Freude und zu all der Größe der Natur... Ich schwärme! und ich bin von Herzen froh, daß ich es noch kann. Ich möchte es nicht verlernen.

An den Bruder, SW 4, S. 172

Müssen wir nicht fühlen, eh' wir verständig werden? Verstand allein tut's nicht; wie oft ist er unvernünftig.

Das Liebespaar, SW 14, S. 160

Gefühl denkt scharf... Weg mit dem Richter, der nur denkt!

Schneewittchen, SW 14, S. 91

Ohne Fühlen ersticken wir an uns, wir können sagen, was wir wollen. Redensarten helfen uns nicht.

Freundschaftsbrief, SW 16, S. 398

Auf dem Lande kennt selbst der Ärmste weniger Sorgen als der viel weniger Arme in der Stadt, denn dort wird alles am Gerede und Tun der Menschen gemessen, während hier die Sorge still weitersorgt und der Schmerz in Schmerzen seinen natürlichen Untergang findet. In der Stadt geht alles darauflos, reich zu werden, deshalb sind so viele, die sich bitter arm vorkommen, aber auf dem Lande wird, wenigstens zum großen Teil, der Arme nicht durch den immerwährenden Vergleich mit den Armen verletzt. Er kann ruhig in seiner

Armut weiteratmen, denn er hat einen Himmel, zu dem er aufatmen kann. Was ist in der Stadt der Himmel!

Geschwister Tanner, SW 9, S. 148

Sollte ich tatsächlich nötig haben, ins Ausland zu fahren und die Welt zu umreisen? Das allzeit lebhafte Spiel meiner Phantasie vermag mir weit mehr zu bieten. Einbildungskraft und unangekränkelter Gedanke scheinen mir größer als die Erde und führen viel weiter in alles Geheimnisvolle und Wundervolle hinaus als Eisenbahn und Luxusdampfer, wo der Reisende sich leicht langweilt, weil er sich nur wieder mit Banalitäten, hausbakkenen übrigen Reisenden, faden Gesprächen, statt mit hohen und unglaublich schönen Dingen beschäftigt sieht.

Reisebericht, SW 7, S. 40

Jedes Inland ist stets zugleich auch Ausland, da jeder Einheimische, sobald er sich in fremder Leute Heimatland einheimisch machen will, als Ansiedler oder Ausländer dasteht. Eine Heimat ist für einen Fremden fremdes Gebiet.

Reise in eine Kleinstadt, SW 19, S. 62

Es ist so süß, zu bleiben. Geht denn die Natur etwa ins Ausland? Wandern Bäume, um sich anderswo grünere Blätter anzuschauen und dann heimzukommen und sich prahlend zu zeigen? Die Flüsse und die Wolken gehen, aber das ist ein anderes, ein tieferes Davongehen, das kommt nie mehr wieder. Es ist auch kein Gehen, sondern nur ein fliegendes und fließendes Ruhen. Ein solches Gehen, das ist ja schön, meine ich! Ich blicke immer die Bäume an und sage mir, die gehen ja auch nicht, warum sollte ich nicht bleiben dürfen? Mögen andere reisen und klüger heimkommen. Ich bin klug genug, eines Tages hier im Lande mit Anstand zu sterben.

Geschwister Tanner, SW 9, S. 255f.

Was brauchen Schriftsteller zu reisen, solange sie Phantasie haben?

Seelig, Wanderungen mit Robert Walser, S. 88

Wichtig ist nur die Reise zu sich selbst.

Seelig, Wanderungen mit Robert Walser, S. 88

Mit Unruhe kommt nichts wahrhaft Großes und Gutes zustande.

Briefe, S. 78

Vielleicht sind duldsame Menschen mutiger als ungestüme. Letztere wollen doch immer nur, so scheint es, eine gewisse Angst überrennen.

Leben eines Malers, SW 7, S. 9

Der, der die Zeit niemals mit irgend etwas Ablenkendem verlieren will, trocknet und rostet ein. Es scheint, daß es unklug und bösartig ist, immer energisch zu sein.

Mangel an Zuversicht gebärdet sich gern konstant energisch.

Allerlei, SW 3, S. 143

Meine Ansicht ist, daß man besser tut, eine Unbesonnenheit zu begehen, als daß man (vor) lauter Besinnen nicht mehr weiß, was man will.

Aus dem Bleistiftgebiet, Band 5, S. 27

Wenn ich Kraft, Mut, Geduld, Liebe und Beseelung gewinne, will ich herzlich gern Geld wie Zeit verlieren. Die Zeit ist ein Traum, alle unsere fleißigen Bemühungen sind am Ende höchst fraglich, sogenannter Erfolg ist an sich durchaus verderblich und Geld ist ein ungemein schätzenswertes, nettes, hübsches Übel. Im übrigen bin selbstverständlich auch ich der Ansicht, daß es schicklich sei, sich anzustrengen, es mit der Zeit zu irgend etwas zu bringen. Viel braucht's nicht zu sein, da ich Respektbezeugungen zu entbehren wage, indem ich vom Leben weiter nichts begehre als nacktes, schlichtes Auskommen, vermischt mit Spaß, d. h. um mich etwas würdiger, stattlicher, vornehmer auszudrücken: Dürftigkeit samt Liebe! womit ich angedeutet haben möchte, daß ich zufrieden bin, weil ich mich dann und wann amüsiere. Soviel ich einzusehen vermag, gibt es für uns Menschenvolk zwei Hauptsächlichkeiten: Pflichterfüllung und Freude!

Naturstudie, SW 7, S. 80

Die Menschen greifen nach frohen Minuten, die ihnen entfliehen. Freude scheint uns kostbarer als je, aber wir begehen vielleicht einen schweren Fehler, uns ihretwegen zu beunruhigen, die die Unruhe nicht liebt. In all dieser Eile sitzt eine gewaltige, schleppende Langsamkeit. Wären wir ruhiger, langsamer, so ginge es uns besser, ginge es schneller mit unserer Angelegenheit vorwärts, die von uns Vergnügungslust verlangt, damit das Geld zirkuliere, und die wieder Genügsamkeit von uns fordert, damit sich der Geldwert erholen könne.

Ich wanderte in ein Städtchen, SW 18, S. 18f.

Ein Mensch, der bestrebt ist, sich amüsieren zu gehen, hat es stets furchtbar eilig.

Das Pferd und die Frau, SW 4, S. 138

Suchen sich nicht gewissermaßen Unfreie mit Freiheitlichkeiten zu betäuben?

Brief eines Mädchens an ein Mädchen, SW 18, S. 129

Die Lustaufsuchenden gehen meistens an der Lebenslust vorbei. Sie sind nicht ernst und sind darum langweilig.

Der Räuber, SW 12, S. 112

Langeweile gibt es bei Menschen, die da immer gewärtigen, es solle von außen her etwas Aufmunterndes auf sie zutreten. Wo üble Laune, wo Sehnsucht ist, da ist Langeweile.

Jakob von Gunten, SW 11, S. 86

Die Albernheit und die Herzlosigkeit haben einen glanzlosen Blick und ein in jedem Sinn fades und langweiliges Benehmen. Wir sterben und entmenschen an unseren Trägheiten, und was wir uns erdreistet haben zu verlachen, Sitte und Ordentlichkeit, sind die Träger jeder hohen Kultur und die Blüte eines jeden schönen und interessanten Lebens gewesen. Warum langweilen wir uns? Weil wir nicht tapfer sind. Warum sind wir uninteressant? Weil wir schlecht sind. Warum sind wir uns gegenseitig unerquicklich? Weil wir keine Sitte und keine Art haben.

Drama, SW 15, S. 122

Daß »danken« von »denken« herrühre, folglich Undankbarkeit einfach nur ein Mangel an Denken sei, habe ich bei anderer Gelegenheit bereits ausgesprochen. Doch wiederhole ich die Anspielung unumwunden, weil sie die Dinge streift, die von grundlegender, ja man kann sagen, staatserhaltender Bedeutung sind.

Der Höhlenmensch, SW 16, S. 363

Wenn wir erzogene Leute sein wollen, dürfen wir nie an die Vorzüge glauben, die wir besitzen, sondern müssen immer welche uns noch anzueignen wünschen. Denn wir wollen ja nicht stillstehen oder gar verarmen.

Aus dem Bleistiftgebiet, Band 1, S. 72

Mit Achtungerweisen erweitere ich den Kreis der Achtung vor mir selber.

Aus dem Bleistiftgebiet, Band 6, S. 394

Wenn man etwas wünscht, möchte man Dank sagen. Was man hat, verachtet man. Herrlich ist des Einsamen geistige Freiheit, seine Gedanken bilden sich im Nu zu Gestalten, für den Denkenden gibt's keine Entfernung. Altersstufen sind überwunden. Sittliche Grenzen zieht er selbst und redet mit Lebendigen und Verstorbenen. Die, die ich vermisse, vermissen mich auch; sie haben erfahren, wie munter ich war. Ich fürchte mich weder vor Lärm noch Stille. Befürchtungen allein sind zu befürchten.

Der Einsame, SW 8, S. 101

Mir ist alles, sogar das Kleinste, viel. Ein paar Menschen vollkommen kennenzulernen, dazu bedürfte es eines Menschenlebens.

Jakob von Gunten, SW 11, S. 116

Wer eine Kartoffel so zu kochen versteht, daß sie eine lockende Nahrung für sich darstellt, beweist, daß er Sinn für die Kochkunst hat.

Essen (I), SW 15, S. 112

Wenn einem nichts gleichgültig ist, scheint es, als wäre einem alles gleichgültig.

Die »Felix«-Szenen, SW 14, S. 213

Unsere Sicherheiten dürfen nichts Starres werden, sonst brechen sie. Es bedarf zur wirklichen Sicherheit des Auftretens und des Weltfühlens eines beständigen kleinlichen Schwankens, Federns. Der Boden unter unsern Füßen darf und soll sich heben und senken, und wir brauchen, um die Richtung ins Vollkommene beizubehalten, [die] fortwährende Empfindung, daß wir nicht fertig mit uns sind und es wohl auch nie werden. Und dann ist es so: auf eigenem Grund und Boden, im eigenen Heim ist es für uns schwieriger, uns zu entfalten. Dort, wo wir nach landläufiger Auffassung nicht hingehören, gehören wir unter Umständen sehr wohl hin, gerade weil wir nicht darin aufwuchsen.

Der Räuber, SW 12, S. 97

Wir dürfen immer viel von uns selbst, nicht aber sehr viel von unseren Mitmenschen verlangen.

Die Dame am Fenster, SW 18, S. 14

Eh' zum Dienen man kann zwingen,
muß man selber Dienste bringen.

Aus dem Bleistiftgebiet, Band 6, S. 486

Emporschauen kann das bessere Geschäft sein als Herabblicken, vielleicht weil bei ersterem mehr Leben ist als bei letzterem.

Aus dem Bleistiftgebiet, Band 4, S. 409

Entweder achtet oder verachtet man sich, das erste ist gewiß passender als das zweite. Wenn man aber sich selbst achtet, fällt man vor keinem Menschen auf die Knie, ohne indessen die Menschen zu verachten. Im

Verhältnis von Mensch zu Mensch beweist die Bewunderung sowohl als die Verachtung einen Mangel an Weltkenntnis, die darauf beruhen muß, zu denken, daß jeder ungefähr so gut und so schlecht sei wie der andere und daß daher jeder einigermaßen Ursache zur Bescheidenheit habe.

Traktat, SW 16, S. 382

Hinter Bescheidenheit vermutet man Kraft.

Das Kind (III), SW 8, S. 78

Die miserable Sucht, mehr zu scheinen als was man ist, soll der Teufel holen, denn das ist eine wahre Katastrophe. Dieses und ähnliches verbreitet Kriegsgefahr, Tod, Elend, Haß, Verunglimpfungen auf der Erde und setzt allem, was existiert, eine verwünschenswerte Maske von Bosheit, abscheulichem Egoismus auf. So soll mir doch ein Handwerker kein Monsieur und eine einfache Frau keine Madame sein. Aber heute will alles blenden, glitzernd neu, fein und schön und nobel und hochelegant und Monsieur sein und Madame sein, daß es beinahe eine Schande ist.

Der Spaziergang, SW 7, S. 92f.

Viele, die auf hundert und mehr Meter Entfernung nach feinem Benehmen, hohem Verstand und noch weiß Gott was geduftet haben, stellten sich bei genauerer Prüfung als die schönsten Büffel dar.

Das Bild des Vaters, SW 7, S. 157

Werden immer Unbedeutende eine stille Bedeutung haben und die Bedeutenden sich nach solchem Inhalt sehnen?

Brief an die Geduldige, SW 18, S. 129

Der geringe Verstand schätzt das Geringe gern gering, und dies ist sein Unglück.

Friseur Jünemann, SW 16, S. 146

Wir dürfen uns keine Illusionen machen. Wir sind klein und schwach. O, wären wir stark. Wenn wir starke Menschen wären, hätten wir Hoffnung, gute Menschen zu werden. Unsere Schwächlichkeit ist unsere unweigerliche Niedertracht, unsere Empfindlichkeit ist unsere Schurkerei... Daß sich keiner unter uns allen auch nur um eines Fingerhuts Größe groß vorkomme.

Notizen II, SW 16, S. 389

Für den Stolz und für den Hochmut gibt es Palast- und hohe breite Salontüren.

Sohn und Mutter, SW 5, S. 108

An gewandten Leuten bemerkt man stets irgend etwas Gemeines.

Der Junggeselle, SW 5, S. 115

Es gibt eine Freundlichkeit des Benehmens, die arrogant wirkt.

Die weisse Dame, SW 18, S. 55

Von den feinen Herren will ich nicht reden. Feine Herren bieten gar wenig Interessantes dar. Wollen unterhalten sein, sind selber absolut nicht unterhaltend.

Der Mann, SW 4, S. 136

Man ist immer unartig, wenn man die Wahrheit sagt.

Brief eines Dichters an einen Herrn, SW 4, S. 10

Namen erwähnt man nie, wenn man sich genötigt sieht, unhöflich zu sein.

Briefe, S. 268

Stolz macht unglücklich. Sei demütig und doch stolz. Man kann das, wenn man lebhaft fühlt, innig miteinander verbinden. Prüfe Deine Empfindungen nicht lange, sondern folge ihnen, ob sie schlimm oder gut sind: damit machst Du Erfahrungen, und nur solche nützen. Nimm Dir nicht Gutes vor, sondern tu das Gute.

Briefe, S. 39

Stolz ist oft unsere letzte Zuflucht, aber wir sollen nicht zu dieser Zuflucht flüchten. Wir sollen aus unserem Stolz heraustreten, der ja ein Gitter ist, und mit den Geringsten sprechen und uns so erlösen. Erlösungen sind uns ja immer so herrlich nah.

Der Räuber, SW 12, S. 93

Lachende sind meistens kleine Menschen, ich meine, nicht klein von Figur, sondern vom Standpunkt des Menschseins aus geschaut.

Kleine Komödie, SW 19, S. 292

Die Kunst, lustig zu sein, liegt in der Kraft, die Lustigkeit anderer lustig zu finden.

Zückerchen, SW 8, S. 81

Man paßt dahin, wohin man sich sehnt.

Geschwister Tanner, SW 9, S. 90

Nur was er ersehnte, vermochte er zu achten, und nur was er erstrebte, schien er zu besitzen.

Der Doktor, SW 4, S. 116

Wie kindisch ist man, wenn man sich fürchtet! Es gibt kein so schlechtes Benehmen wie das, welches aus dem Mißtrauen und aus der Unkenntnis stammt.

Jakob von Gunten, SW 11, S. 13

Der Mißtrauische schmeichelt stets demjenigen indirekt, den er solcher Bedenklichkeit würdigt.

Das »Tagebuch«-Fragment von 1926, SW 18, S. 93

Jemanden um Rat fragen heißt, ihm das Recht geben, zu denken, man sei nicht selbst fähig, etwas Wichtiges zu beurteilen und das Richtige zu treffen.

Traktat, SW 16, S. 381

Wem man glaubt schmeicheln zu müssen, dem gegenüber empfindet man eine Art feines Schuldbewußtsein. Außerdem mutet man ihm die Aufgabe zu, das Schmeichelhafte zu verarbeiten, und diese Aufgabe erfordert Klugheit.

Der Räuber, SW 12, S. 123

Ein Mensch würdige, doch bewundere nicht den andern. Deinesgleichen kann nicht beängstigend für dich sein.

Traktat, SW 16, S. 382

Wem ich zu gefallen bemüht und bestrebt bin, den empfinde ich als Gebieter.

Hose, SW 15, S. 109f.

Um bitten zu können, muß man ein unbändiges, kräftiges Vertrauen zu sich und zu andern haben. Wenn man den schönen Mut zu einer flehentlichen Bitte finden soll, muß man zum voraus von der Erfüllung derselben fest, ja felsenfest überzeugt sein.

Der Gehülfe, SW 10, S. 110

Man muß immer zeigen, daß man Güte und Entgegenkommen entbehren kann.

Die »Felix«-Szenen, SW 14, S. 207

Wer keine gar so besondere Herzlichkeit beansprucht, der darf ein Herz haben, man erlaubt ihm das.

Aschinger, SW 3, S. 70

Im allgemeinen hält man sich leider immer dann für klug, wenn man von seinen Mitmenschen möglichst schlimm denkt, und man glaubt sich für sehr dumm halten zu sollen, daß man der Mitwelt Schönes zutraut.

Der falsche Ganina, SW 19, S. 434

Das Leben ist kurz, wenn man mißtraut, aber lang, wenn man vertraut. Was kann einem entgehen?

Geschwister Tanner, SW 9, S. 93

In die Zukunft zu blicken, ist schöner, als der Vergangenheit nachzuträumen. Man träumt auch, wenn man in eine Zukunft hineindenkt. Hat das nicht etwas Wunderbares? Sollte es nicht klüger von den feindenkenden Menschen sein, ihre Wärme und ihre Ahnungen den noch kommenden als den vergangenen Tagen zu schenken? Kommende Zeiten sind uns wie Kinder, die eher der Aufmerksamkeit bedürfen als die Gräber der Gestorbenen.

Geschwister Tanner, SW 9, S. 314

Ich glaube, die Gegenwart ist die Zukunft.

Geschwister Tanner, SW 9, S. 315

Allgemein empfiehlt sich's, immer eher eine Hoffnung als eine Erinnerung zu haben, indem erstere auf den ersten Blick wertvoller ist als letztere. Irgend etwas hoffen gilt als *chic,* und ist es tatsächlich, indem man beim

Hoffen das nettere, freundlichere, glücklichere Gesicht macht als beim Zurückblicken oder Erinnern, und die heutigen Menschen ihre Mitmenschen möglichst aufgeräumt sehen wollen.

Briefe, S. 319

Bevor man zu Menschen geht, ordnet man sowohl sein Äußeres wie sein Inneres, eine Bemühung, die in wenigen Minuten bei einigem Fleiß und einiger Geschicklichkeit beendigt ist. Man geht mit seinem Gleichgewicht und mit seinem Schmuck unter Leute, nicht aber mit den Zerzaustheiten und den Aufgeregtheiten. Wer einem Kummer nachsinnen oder einen beängstigenden Gedanken verfolgen will, der bleibe hübsch zu Hause.

Predigt, SW 16, S. 384

Hübsches Betragen macht uns hübsch, nicht nur innerlich, sondern auch außen. Freundliches Betragen prägt sich in die Züge unseres Gesichts als etwas ein, was als nettes Aussehen empfunden wird.

Der Räuber, SW 12, S. 45

Man muß dem Unholden sein Lustiges abzulauschen versuchen und es auslachen. Vielleicht schämt sich das Böse dann und bessert sich. Bessern? Da ist eben der Haken! Ändern ist unbequem, und bessern – beleidigt.

Bleistiftnotiz, SW 16, S. 399

Nichts kann mich so tief aufregen wie der Anblick und der Geruch des Guten und Rechtschaffenen. Etwas Gemeines und Böses ist bald ausempfunden, aber aus etwas Bravem und Edlem klug zu werden, das ist so schwer und doch zugleich so reizvoll. Nein, die Laster interessieren mich viel, viel weniger als die Tugenden.

Jakob von Gunten, SW 11, S. 25

Aus dem Laster hervortreten, mit Reue in der Seele, ist schöner als niemals sündigen. Sind denn nicht vielfach die Fehler der Anlaß zu Entzückungen und Rührungen? Wie willkommen ist dem alten Vater der verlorene Sohn; wie herrlich, herrlich ist es, Gnade und Erbarmen zu finden! Die Tugend beißt sich in die Lippen und kehrt dem liebevollen Schauspiel schamhaft und boshaft den Rücken, schauervoll fühlend, wie häßlich es ist, nie fehlzugehen. Das Sittsame, das Kämpfe duldet und übersteht, ist das Wundervolle.

Vom Glück des Unglücks, S. 76

Unsere Beschäftigtheiten sollen so stark sein, daß sie uns über viel Mißliches hinwegzutragen vermögen. Wir sollten uns jederzeit zu irgend etwas bekennen.

Die »Felix«-Szenen, SW 14, S. 238

Ich weiß, daß es nicht genügt, Vertrauen zu sich selbst zu haben. Ich werde an jemand zu glauben haben. Das ist schwerer, aber auch schöner als das erste, aber gewiß gibt es nur auf diesem Weg eine Entwicklung. Das Ver-

trauen, das man in jemand setzt, braucht sich nicht durchaus zu bewähren.
Ich glaube, daß die Vertrauenden immer gewinnen.

Bühnenbesprechung, SW 18, S. 24

Wie müde macht dich das Leben, wenn du keinen tragenden, emporhebenden Gedanken, keine Anschauung, Betrachtung kennst, die dich mit den Enttäuschungen, die im Leben liegen, freundlich aussöhnen.

Tobold (II), SW 5, S. 225 f.

Man lebt nicht, wenn man nicht für etwas lebt.

Fritz Kochers Aufsätze, SW 1, S. 32

Der Mensch (wenigstens der tüchtige) wächst mit den Sorgen, die er sich um andere machen muß. Sorgen geben seinem Leben Relief.

Seelig, Wanderungen mit Robert Walser, S. 72

Nur Arbeit ist ja eigentlich rechtes Leben, Vergnügen, innerliche Freude und Daseinslust. Man muß nur mutig hineinspringen ins scheinbar kalte Bad, das dich anfänglich schaudert, nachher aber königlich ergötzt und erquickt.

Leben eines Malers, SW 7, S. 16

Tausende, vielleicht Abertausende von Menschen haben irgendeine Idee, lassen dieselbe dann aber wieder fahren, weil die Realisierung ihnen zu umständlich, zu unbequem, zu töricht, zu dumm, zu schwer oder zu nutzlos vorkommt. Ein Unternehmen ist nach meinen Begriffen schon darum, weil es Mut fordert, ein gutes Unternehmen und deshalb etwas Gesundes und Rechtschaffenes. Die Frage, ob das Unternehmen Aussicht habe zu gelingen oder nicht, scheint mir abermals nebensächlich. Den Ausschlag gibt und von Gewicht und Bedeutung ist, daß man Mut und festen Willen zeige und daß man das geplante Unternehmen nur überhaupt eines Tages unternehme.

Tobold (II), SW S. 227

Was mich selbst betrifft, so meine ich, daß ganz einfach der Brauchbare an sich der eigentliche Aktuelle sei, und ferner ist meine Meinung, daß man sich nicht in das verbohren darf, was man Bildung nennt, weil sonst nicht Bildung, sondern Verbohrtheit entsteht.

Kurt vom Walde, SW 19, S. 248

Was unternommen werden muß, unternimmt man. Vorherige Mitteilung wirkt widerstandweckend. Daß hie und da Neigungen Abneigungen antreffen, muß man riskieren. Zarte Anfragen sind eine Behelligung, und wer behelligt wird, kommt sich wichtig vor, und wer sich wichtig vorkommt, benimmt sich danach.

Die Ruine, SW 17, S. 136

Beschäftigung ist eine Retterin, die uns aus Ungenügsamkeiten zieht. Wie soll im Großen Frieden entstehen, wenn im Kleinen nichts als genörgelt, gestichelt wird.

Nachtgedanken, SW 17, S. 142

Der Eifer, den man andere entfalten sieht, parallelisiert den eigenen, der nicht geweckt zu werden braucht, der sich indessen mit Vergnügen begleiten läßt. Für jeden, der sich bemüht, sind Bemühungen, die sonstwie aus dem Leben wuchsen, nicht gleichgültig, vielmehr bedeuten sie ihnen Gliederungen im Umkreis eines gemeinsame Wirkungen einschließenden Ganzen.

Brief an einen Verleger, SW 18, S. 155 f.

Hilft nicht jede Arbeit der andern? Geht nicht ein Wissen rasch zum Folgenden über? Sind allerlei Liebe und allerlei treuliche Sorgfalt einander nicht überall heimlich behilflich? Wenn ich da und dort Interesse zeige, Anteil nehme, Eifer entwickle, Wärme und Gutmütigkeit bekunde, so wird es wohl geschehen, daß ein seltsames, gesetzhaft Verbundenes auch mir wieder einige Güte erzeigt und Liebe erweist. Den ich leben lasse, wird auch mich gefällig leben und vorwärtskommen lassen wollen.

Vom Glück des Unglücks, S. 72

Bildung ist immer eine Angelegenheit der Gegenseitigkeit, an den Lernenden lernen die Belehrenden, die Lehrende belehren.

Aus dem Bleistiftgebiet, Band 4, S. 89

Für gebildet halte ich einen Menschen, wenn es ihn freut, irgend etwas begreiflich finden zu dürfen, was nicht ohne weiteres verstanden werden kann.

Aus dem Bleistiftgebiet, Band 1, S. 36

Ich meine, daß es für uns Lebende von größter Wichtigkeit ist, das veraltete Angstgefühl ablegen zu lernen, wonach die Vorteile anderer uns ein Entwicklungshindernis seien, was sich keineswegs so verhält. Eines Mitbürgers Ausgezeichnetheit bildet eher eine Erlaubnis als ein Verbot, daß auch ich etwas leiste. Und dann sind ja unseres Wissens weder Nachteile noch Vorteile von Beharrlichkeit umgeben, vielmehr hören sie dann und dann und dort und dort auf zu wirken. Das Schädliche setzt meist ein mit Erlahmen des Nützlichen. Ich will damit sagen, daß sich jeder Nutzen in einen Schaden umwandeln und daß aus jedem Schaden ein Nutzen sprießen kann. Der Vorteil eines andern ist darum nicht mein Nachteil, weil seine Vorzüglichkeit nicht dauernd ist. Es gibt keine Vortrefflichkeiten von andauerndem Wert. Ein Wertvolles folgt aufs andere. Haben die Leute von einer Tat geredet, so reden sie am nächsten Tag von einer anderen. Die Störer an fröhlichen Bestrebungen sind unsere Empfindlichkeiten. Unsere Gefühle sind in vieler Hinsicht unsere Feinde, aber die Konkurrenten sind nicht unsere Feinde. Unsere sogenannten Gegner sind nur dann unsere Gegner, wenn wir ihren Wert fürchten, der doch auch immer wieder erneuert, von neuem erworben werden muß, wenn er nicht erblassen will.

Der Räuber, SW 12, S. 43 f.

Christenpflicht, das geht jetzt in unseren Tagen leise und kaum spürbar in Menschenpflicht über, und das ist viel einfacher und ist besser auszuführen.

Geschwister Tanner, SW 9, S. 313

Gott verzichtet auf Gebete, wo er eine Tat sieht. Taten sind ihm die liebsten Gebete.

Tell, SW 15, S. 32

Oberflächlich angeschaut, scheint der Sohn Gottes zu viel verlangt zu haben, aber gerade auf der Unmöglichkeit, auszuführen, was er verwirklicht zu sehen wünschte, ruht ja die Kirche, die ein Ausdruck des Sehnens in uns ist, brav zu werden.

Der schwarze Peter, SW 17, S. 458

Religiös war ich insofern stets, als ich noch keinen einzigen Tag ohne Glauben an mich geblieben bin. Man kann Gott nicht mit Kopfhängen gefällig sein.

Fidelio, SW 17, S. 213

Eine Arbeit ist mir nur um so viel entzückender, je längere und je schwerere Anspannung der Kräfte sie fordert.

Geschwister Tanner, SW 9, S. 332

Nur die fortgesetzte Bemühung bewirkt Mühelosigkeit.

Sie besaß Mädchen, SW 19, S. 417

Ziele sind am ehesten auffindbar, wenn man gar nicht an sie denkt.

Vom Schriftstellern, SW 20, S. 406

Wer Zeit zu verschwenden hat, weiß nicht, was sie bedeutet.

Jakob von Gunten, SW 11, S. 46

Ich bin… vor schon seit langem nichts mehr Gearbeitet-haben ein bißchen abgearbeitet.

Sie besaß Mädchen, SW 19, S. 417

Nur wenn wir im Sinne An-uns-Arbeitens schön sind, sind wir's so, daß wir uns selbst und denen, die mit uns zu tun haben, gut werden.

Über einen Film, SW 17, S. 52

Ganz besonders im Bereich unserer Eigenschaften gilt es die Anarchie zu bekämpfen. Die Gefahr lauert von innen auf uns… Es gibt wohl keine so begründete Angst, wie die, die du vor dir selbst hast. Fürchte sich doch jeder vor nichts so stark wie vor seiner Unaufrichtigkeit.

Bleistiftnotiz, SW 16, S. 399

Wenn die Einfachheit in gewisser Beziehung kompliziert ist, so folgt daraus, daß der Kompliziertheit irgend etwas Einfaches anhaftet. Ich meine, man habe es hierbei mit einer Art Naturspiel zu tun und man dürfe glauben, kein Einfacher sei so einfach, als er aussieht.

Eine einfache Geschichte, SW 19, S. 364f.

Beinah langweilig ist's, daß das Allereinfachste stets wieder dringend nötig hat, ausgesprochen zu werden. Das Einfachste ist den meisten Menschen viel zu – einfach! Sie mißachten es und damit ihre wichtigsten Lebensinteressen. Die einfache Art schmeichelt uns nicht; deswegen will man nichts von ihr wissen.

Bleistiftnotiz, SW 16, S. 399

Vom Reiz des Risikos

Wer Lust hat, etwas zu tun, kümmert sich nicht um das, was die Leute dazu sagen; er riskiert es.

Hamlet-Essay, SW 18, S. 188

Wo das Leben nie in Gefahr ist, gibt es nie eine Beseligung eben dieses Lebens.

Aus Stendhal, SW 3, S. 104

Angesichts eines schwierigeren Zieles gerät das Herz in eine Liebe hinein, mittels derer die Kräfte wachsen.

Ferienreise, SW 17, S. 436

Wie belebt, beglückt dich jederlei Erwerb, doch wie fade dünkt dich dann jedwedes Erworbene. Wenn du einen Dichter fragst, welches von seinen Büchern ihm das liebste sei, so wird er dir zweifellos antworten: dasjenige, wonach ich trachte! Ebenso beglückt den Goldsucher keineswegs der Klumpen Gold, vielmehr das Verlangen darnach. Durch eifriges Suchen gelangen wir zum Finden; möchten aber am liebsten alles Gefundene sogleich wieder verlieren, um uns wieder frisch ins Suchen hineinfinden zu können.

Naturstudien, SW 7, S. 64

Ist nicht Don Quichote in seiner Verrücktheit und Lächerlichkeit ein wahrhaft glücklicher Mann? Ich vermag das keinen Augenblick zu bezweifeln. Ist ein Leben ohne Sonderbarkeiten, ohne sogenannte Verrücktheiten überhaupt ein Leben?

Tobold (II), SW 5, S. 227

Lustig stimmt uns das mit dem gesunden Menschenverstand nicht durchweg Übereinstimmende. In allem, was uns in Erstaunen setzt, liegt für uns... etwas Amüsantes.

Der Mann mit der eisernen Maske, SW 19, S. 86

Das Nächstliegende ist für den Verstand, das in der Ferne liegende für den Traum.

Fritz Kochers Aufsätze, SW 1, S. 26

Die Phantasie erlöst uns, und der Traum ist unser Befreier.

Das Theater, ein Traum (II), SW 16, S. 38

Der Schlaf hat innere Augen.

Vom Glück des Unglücks, S. 69

Windbeutel sind das, die nur studieren, malen und Beobachtungen anstellen wollen. Man lebe, dann beobachtet sich's ganz von selber.

Jakob von Gunten, SW 11, S. 57

Wenn ein gesunder Mann sein Letztes an seine Ideen setzt, so gibt es immer im weiten Umkreis der Menschen Geschwätzige, die dieses Mannes Werke verleumden und herabsetzen. Dieser Mann aber steht hoch über diesen Verdächtigungen. Er ist ein Unternehmer und als solcher verpflichtet, nicht nur etwas, sondern alles zu wagen. Das Wagnis, meine Herren, sieht kühn, aber es sieht auch oft prahlerisch und lächerlich aus, weil es die einzig dastehende und beständige Aufgabe hat, niemandes Urteil zu scheuen.

Der Gehülfe, SW 10, S. 174

Es ist bitter unklug, auf etwas warten zu wollen; es kommt nicht zu uns, wenn wir nicht hingehen und es uns holen. Freilich, es wird einem so viel Furcht eingejagt von Fürchtlingen, die um einen besorgt scheinen. Ich hasse sie jetzt beinahe, die den Kopf schütteln, sobald man nur etwas Mutiges sagt. Wie würden die sich erst betragen, wenn sie hörten, daß man das Mutheischende zur Ausführung gebracht hat. Wie diese vielen Ratgeber schwinden vor der Herzensgewalt einer frei vollbrachten Tat! Und wie sie einen knechten mit ihrer süßlichen Liebe, wenn man diesen Mut nicht findet und sich ihnen ausliefert.

Geschwister Tanner, SW 9, S. 171

Träge Schönheit, lauen weichlichen Sommergenuß, Säumen, Verweilen, Zaudern vermag ich auf die Dauer nicht zu ertragen; denn ich scheine nicht dafür geschaffen zu sein. Vielmehr bin ich von wundervollen, gefährlichen Gedanken und von der glücklichen Überzeugung durchdrungen, die mir sagen, daß ich geeignet bin, mir durch die Welt und ihre Rücksichtslosigkeiten eine Bahn zu brechen, mich bis dorthin durchzuschlagen, wo mir regelrechte Arbeit und höherer Sinn entgegentreten... Ich aber finde, daß das Leben einen Klang, eine Wucht enthalten soll, und ich glaube, daß es Leute gibt, die ohne Geruch von Wagnissen nicht leben mögen.

Würzburg, SW 6, S. 49

Wer wirklich glaubt, derart, daß er dabei mit sich kämpfen muß, der spricht nicht mehr davon, der sagt dann kein Wort mehr, sondern er glaubt eben, er leidet und glaubt. Aber das ist doch wohl etwas ziemlich Seltenes und ist ohne edles Wesen gar nicht möglich und hat mit hündischer Ergebenheit nichts zu schaffen, die eine Naturangelegenheit und keine Betätigung des Denkens ist. Der Gläubige kann ganz entschieden nur schweigsam sein. Es heißt ja den Glauben töten, wenn man von ihm spricht. Aber auch dann ist der Glaube immer noch eine sehr einfache, billige Seelenzuständlichkeit, die man förmlich auf der Gasse auflesen kann. Denn man bewirkt ja dabei nichts, absolut nichts, nicht das geringste. Man bleibt still und glaubt. Das ist so, wie wenn jemand mechanisch an einem Strumpf strickt. Es hat so etwas Träumendes, Gehenlassendes. Man vertraut einfach, man hat sich in ein Überzeugungelchen hineingesetzt, wie ein Vögelein ins Nestchen, oder wie sich jemand in eine Hängematte hineinlegt und nun schaukelt und sich mit lieben Gedanken wie mit einem Aroma umhüllt.

Der Räuber, SW 12, S. 147 f.

Ein richtiger Blaustrumpf lebt sein Leben lang das Leben irgendwelches andern, nicht sein eigenes, und da es meiner Auffassung nach viele Blaustrümpfe gibt, so gibt es zahlreiche sich mit anderweitigen Existenzen beschäftigende Existenzen, wodurch das Gesamtleben gleichsam wesentlich zu kurz kommt, indem das Totalleben dadurch reich wird, daß jeder hauptsächlich munter drauflos lebt, bis er sich ausgelebt hat. Wenn alle sich hübsch ausleben, sieht es zweifellos bezüglich dessen, was man, allgemein gesprochen, Leben nennt, gut aus. Eine Eigenheit des Blaustrumpfes dürfte darin bestehen, daß er sich ausleben will und daß er das nicht fertigbringt, weil er sich durch allerlei Umstände am Wirklichwerden seines Wollens gehemmt sieht.
Was ich hervorgehoben haben möchte, ist, daß es nach meiner Meinung sowohl weibliche wie männliche Blaustrümpfe gibt.

Der Blaustrumpf, SW 19, S. 203

Ein bedeutender Sünder interessiert uns stärker als eine mittelmäßige, belanglose und klanglose Tugendhaftigkeit.

Etwas von der Schande, SW 18, S. 193f.

Hat Mut nicht beinahe immer mit Trotz Ähnlichkeit, und ist letzterer nicht in der Regel etwas Ungezogenes?

Dichtete dieser Dichter richtig?, SW 20, S. 412

Aufrichtig sein ist selten anständig.

Titus, SW 8, S. 48

Wer viel denkt, macht sich unbeliebt.

Basta, SW 5, S. 169

Vom Nutzen einer Sache sprechen zu wollen, die notwendig ist, ist überflüssig, da alles Notwendige unbedingt nützlich ist.

Fritz Kochers Aufsätze, SW 1, S. 20

Nur das Tun ist fein; das Gerede ist finster und unsauber wie die Hölle.

Bedenkliches, SW 15, S. 118f.

Pünktliche Ordnung schaffst du nie rund um dich und in dir. Deshalb sei doch ja nicht versessen auf die Ordentlichkeit. Dies stört, macht feig und blendet.

Allerlei, SW 3, S. 140

Man richtet noch nicht viel aus, wenn man alles auf's Beste eingerichtet haben will. Irgendwo klappt's doch immer nicht. Kann es denn überhaupt aufhören zu hapern?

Aus dem Bleistiftgebiet, Band 5, S. 59

Ich spreche vielleicht etwas Unerwartetes aus, wenn ich zu erklären wage, Ehrbegriffe seien etwas Ältlichmachendes.

Das Knabenhafte, SW 19, S. 208

Sorgen haben müssen, das verfeinert das Leben und gibt dem Tag einen, wenn auch engen und kleinen, so doch innigen Anstrich. Es ist doch ganz gut so.

Brief von Simon Tanner, SW 3, S. 11

Wenn unsere Beschaffenheit haargenau unserem Sehnen entspräche, gäbe es ja keinerlei Sehnen mehr, und es ist doch so schön, Wünsche zu haben.

Olympia, SW 17, S. 122

Verluste empfinden und ertragen, das ist meiner Meinung nach ein Können, eine Übung, ohne die der Mensch, mag er noch so bedeutend sein, stets ein großes Kind, eine Art weinerlicher Schreihals bleiben wird.

Jakob von Gunten, SW 11, S. 92

Wer nie fehlt, hat wahrscheinlich auch nie Gutes getan.

Rede an einen Ofen, SW 6, S. 108

Wenn einer dreißig Jahre lang sein Amt treu verwaltet hat, ist er am Ende seiner Lebensbahn durchaus kein Narr gewesen…, sondern ein Ehrenmann, der verdient, daß man ihm Kränze aufs Grab legt. Sehen Sie, ich will keine Kränze auf mein Grab bekommen, das ist der ganze Unterschied.

Geschwister Tanner, SW 9, S. 257f.

Ein Lob ist stets etwas wie eine Verteidigung, und wer uns beistehen zu sollen meint, scheint sich zu erlauben, uns für zu wenig kräftig zu halten, allerhand Angriffe gemütlich auszuhalten, was meiner Ansicht nach einen Daseinsreiz bildet, auf den ein Bewußtseinausgestatteter nicht gern verzichtet.

Es war einmal, SW 19, S. 23 f.

Nicht immer ist das Kluge auch gut. Auf sogenannter Unklugheit beruht mitunter Edelstes. Wer irgendwie kämpfte, sei gesegnet.

Das Bild des Vaters, SW 7, S. 170

Fragen sind meistens schöner, bedeutender als ihre scheinbaren Erledigungen, die doch immer keine sind, weil sie uns nie genügen, nie befriedigen, während einer Frage ein beglückender Duft entströmt.

Ein Flaubertprosastück, SW 19, S. 340

Kunst und Leben

Ideen streben nach Vergegenwärtigung, nach Versinnbildlichung; ein lebhafter Gedanke will früher oder später in lebendige Wirklichkeit, in Körperlichkeit verwandelt sein.

Tobold (II), SW 5, S. 226

Beim Schaffen sitzen Leben und Kunst heimtückisch wie auf der Lauer zusammen.

Briefe, S. 50

Mit dem gediegensten Meinen ist etwas, was gemacht sein soll, noch nicht gemacht. Aufs Ausführen kommt's dabei an. Gibt es nicht ausgezeichnete »Machenschaften«?

Was eine Frau sagte, SW 19, S. 111

Mir scheint, die Natur führe den Menschen zur Kunst; diese mache ihn wieder auf die Natur aufmerksam.

Von etwas Naheliegendem, SW 19, S. 176

Die Natur mahnte ihn öfters an Kunst, was ganz natürlich war, da ja schließlich alle Kunst von gütiger, mütterlicher Natur herrührt.

Hans, SW 7, S. 191

Wir bleiben doch alle Stümper vor der Natur!

Seelig, Wanderungen mit Robert Walser, S. 121

Niemandem wünschte ich, er wäre ich. / Nur ich bin imstande, mich zu ertragen: / So vieles zu wissen und so viel gesehen zu haben und / so nichts, so nichts zu sagen.

Aus dem Bleistiftgebiet, Band 2, S. 338

Die Natur braucht sich nicht anzustrengen, bedeutend zu sein. Sie ist es.

Seelig, Wanderungen mit Robert Walser, S. 15

An einem Stück weicher, unbekümmerter Natur zerschmettern die feinsten Kunstleistungen wie mutwillige Spritzer am unanfechtbaren Felsen. Das Gefühl meint, es zeichnen und treffen zu können: niederschlagende Täuschung. Nur der eiserne Lerneifer kann's.

Zeichenstunde, SW 15, S. 91

Die Natur ist bekanntlich in allen ihren Verkleidungen erfrischend und bezaubernd und immer des ganz und gar innigen Ansehens und Genusses wert.

In der Provinz, SW 3, S. 25

Die Kunst ist ja eben, Notwendigkeiten in Annehmlichkeiten umzuwandeln. Umgestaltung, welche Möglichkeiten birgst du!

Aus dem Bleistiftgebiet, Band 1, S. 19

Ist nicht manchmal ein geschilderter Frühling eindrucksreicher als ein wirklicher?

Von etwas Naheliegendem, SW 19, S. 174

Die Wahrheit ist oft phantastischer als die Phantasie der Dichter.

Seelig, Wanderungen mit Robert Walser, S. 136

Es will mir beinahe scheinen, als sei die Natur, echten Künstlern gegenüber, machtlos und ohnmächtig vor Hingebung, wie eine solche Geliebte, von der man alles erlangt, was man will.

Geschwister Tanner, SW 9, S. 225

Die Kunst ist ein schwindelnd hoher Felsen, und wer einem angehenden, klimmenden Künstler etwas weniges an Geld gibt oder in guten Ratschlägen verabfolgt, ist sich wohl selten oder überhaupt nicht bewußt, wie wenig er im Verhältnis zu den Schwierigkeiten darzubieten vermag, die sich vor der Künstlerseele und dem Künstlerkopf auftürmen, durch die sich sein Herz hindurchzuarbeiten hat. Man wagt zu sagen, daß Leute, die ein regelmäßig auf sie niederregnendes Monats- und Jahresgehalt beziehen, was ohne Frage höchst angenehm ist, sich vom Gefahrendasein des unabhängig schaffenden Künstlers schwerlich einen richtigen Begriff zu machen vermögen. Freiheit und Unabhängigkeit setzen unablässigen, harten Kampf voraus.

Leben eines Malers, SW 7, S. 8

Wer etwas Rechtes leisten will, muß nach meiner Erfahrung ganz bei der Sache sein. Auch das Dichten erfordert die volle Kraft eines Menschen. Ja, es saugt ihn geradezu auf. So nebenbei, gleichsam als Arabeske, kommt selten etwas Haltbares heraus.

Seelig, Wanderungen mit Robert Walser, S. 42

Herrgott, die Ideen kommen, wenn man gehen will, und bleibt man: wie stumpf ist man dann! Es ist jedenfalls manchmal eine scheußliche Sache mit diesem Drängen, produzieren zu müssen. Es gibt da immer nur ein »Muß«, nie ein »Will«.

Briefe, S. 47f.

Kunst wird um so schwieriger, je weniger sie sich wie von selbst ergibt, je unerbaulicher sie für andere zu sein neigt, da unsere Unerfreulichkeiten Eigensinnigkeiten, Willkürlichkeiten sind, Unwillkürliches (aber) am künstlerischsten zu wirken imstand ist.

Aus dem Bleistiftgebiet, Band 5, S. 368f.

Die Kunst ist ein so überaus reines und selbstzufriedenes Wesen, daß es sie kränkt, wenn man sich um sie bemüht. Sie straft den, der ihr, indem er sie fassen will, entgegenkommt. Künstler erfahren das. Sie sind es, die ihren Beruf darin sehen, sich mit ihr zu befassen, die durchaus nicht angefaßt werden will.

Ein Künstlerberuf ist eine eiserne Kiste, die einen kaum atmen läßt, darin man steckt in halb aufrechter Haltung, nicht frei und doch auch nicht so ganz und gar gefangen, den Kopf an der Luft, aber auf irgendeine Weise sieht man sich gefesselt, man weiß es, und im nächsten Augenblick weiß man es wieder nicht mehr.

Die Schauspielerin (I), SW 2, S. 64f.

Da schwatzt man von dem »Bloß-nur-Aristischen«. Als ob beim Schaffen Leben und Kunst nicht zusammen heimtückisch, wie auf einer Nadelspitze, auf der Lauer säßen. Die Kunst hat ebenso viele Noten wie das Leben.

Briefe, S. 50

Wo die Künstler nicht in einem gespannten Verhältnis zur menschlichen Gesellschaft stehen, erlahmen sie schnell. Sie dürfen sich von ihr nicht verhätscheln lassen, weil sie sich sonst verpflichtet fühlen, sich den gegebenen Verhältnissen anzuschmiegen. – Nie, auch nicht in Perioden der größten Armut, hätte ich mich von ihr kaufen lassen. Immer war mir die persönliche Freiheit lieber.

Seelig, Wanderungen mit Robert Walser, S. 124

Eine halbe Kunstleistung zu schätzen, ist unmöglich. In der Kunst gibt es keine Achtung, keinen Respekt, die Kunst ist nicht unser lieber guter Freund, der Gold wert ist, weil er ehrlich ist. Wenn Kunst nichts als ehrlich ist, ist sie schlecht. Wenn ein Mensch nichts als ehrlich ist, so hat er die denkbar höchste Stufe erreicht, die die Würde emporklimmen kann. Heutzutage treten sehr viele Menschen in die Reihen der Kunstbeflissenen ein, deshalb, weil sie fühlen, daß sie ein gutes und wohlwollendes Herz haben. Man hält sich für einen Künstler, dadurch, daß man empfindet, daß man kein gemeiner Kerl ist. Als ob nicht gerade die Grundlage zur vortrefflichen Kunstarbeit die genaue Kenntnis des Gemeinen wäre.

Bedenkliche Geschichte, SW 15, S. 33

Vielleicht hat die Kunst im Laufe der Zeit ein zu hohes und zu solides Ansehen gewonnen, es ist zu gefahrlos geworden, sich mit ihr zu befassen, das mag die Ursache sein, warum jeder dritte oder vierte ›nette Mensch‹ Künstler werden will. Man sollte versuchen, dieses Gebiet zu mißkreditieren, damit sich in Zukunft nur die Lumpen oder die Helden darauf zu tummeln wagen.

Bedenkliche Geschichte, SW 15, S. 33f.

Ohne Abgründe bleibt jeder Künstler nur etwas Halbes, ein geruchloses Treibhausgewächs.

Seelig, Wanderungen mit Robert Walser, S. 98

Die Unerschütterten, die Sicheren brachten nie etwas Großes zustande. Verlegene sind's, die die Verlegenheiten lösen; Stammelnde sprechen besser als Redegewandte.

Die Studie (I), SW 17, S. 476

Die Schönheitssucher müssen vielfach empfinden, daß es allein mit dem Suchen nach Schönheit in der Welt noch lange nicht getan ist, daß da noch anderes zu finden ist, als das Glück, vor einer reizenden Antiquität stehen zu bleiben. Das Ringen der armen Leute nach ein bißchen Frieden, ich meine die sogenannte Arbeiterfrage, ist doch sozusagen auch etwas Interessantes und muß einen wackeren Geist mehr beleben als die Frage, ob ein Haus schlecht oder gut in der Landschaft steht. Was gibt es nur für müßige, schönredende Köpfe auf der Welt. Gewiß: jeder denkende Kopf ist wichtig und jede Frage kostbar, aber es dürfte anständiger und für die Köpfe ehrender sein, zuerst Lebensfragen zu erledigen, bevor die zierlichen Kunstfragen erledigt werden. Nun sind aber allerdings Kunstfragen bisweilen auch Lebensfragen, aber Lebensfragen sind in noch weit höherem und edlerem Sinne Kunstfragen. Ich denke jetzt natürlich so, weil für mich das Weiterexistieren zu allererst in Frage kommt, weil ich Adressen schreibe im kargen Tagelohn, und ich kann mit der hochnäsigen Kunst nicht sympathisieren, weil sie mir im Augenblick als das Nebensächlichste in der Welt vorkommt; und in der Tat, man denke einmal, was ist sie gegen die sterbende und immer wieder erwachende Natur. Was hat die Kunst für Mittel, wenn sie einen blühenden, duftenden Baum darstellen will, oder das Gesicht eines Menschen? Gut, ich denke jetzt ein bißchen frech, von oben herab, nein, eher ein wenig wütend von unten herauf, aus der Tiefe, wo einem das Geld fehlt.

Geschwister Tanner, SW 9, S. 289

Nur die Leidenschaft, der Sturm der Empfindung, das persönliche, harte Geschick des aufrichtigen Mannes kann am Ende einer merkwürdigen Laufbahn der Welt etwas noch nie Dagewesenes aufzwingen, das aber macht sich immer ganz von selber. Treu, still und unstürmisch nach außen hin ist der echte Künstler.

Dilettanten, SW 15, S. 62

Große Kunst steckt in großen Irrgängen, so wie rührendste Anmut am liebsten in Verrenkungen wohnt.

Fritz Kochers Aufsätze, SW 1, S. 84

Indem Hanswurst an sich selber und an sein eigenes Vergnügen dachte, wollte es der Geist, der ihn trieb, und der eigentümliche Umstand, daß er an alle andern dachte und daß er die Ursache vom allgemeinen Vergnügen war.

Der Maskenball, SW 5, S. 94 f.

Meine Meinungen, denen ich Sprache verlieh, machten vor allem mich selbst glücklich, und das Glück, das ich mir verschaffte, übertrug sich auf die, die ich ansprach.

Studie II, SW 17, S. 468

Nur der Eigentümlichkeit entspringt, was großen Wert hat.

Wladimir, SW 8, S. 9

Was ich veröffentliche, lautet immer halb lustig, halb ernsthaft, und ich vermag mir zu denken, wie ich hierdurch bei einem gewissen Prozentsatz von Lesern ein gewisses Maß an Unmut erwecke, denn die meisten Leser wollen, was Geschriebenes od(er) Gedrucktes anbelangt, sofort alles haarklein verstehen, indem sie es als unangezeigt empfinden, in irgendeinem Zweifel verharren zu sollen, was ja doch manchmal gerade das ausmacht, was man die Würze oder das Parfüm nennen kann.

Aus dem Bleistiftgebiet, Band 4, S. 65

Der Künstler muß sein Publikum entzücken oder quälen. Er muß es zum Weinen oder zum Lachen bringen.

Seelig, Wanderungen mit Robert Walser, S. 25

Alles Vergnügen beruht auf dem Ausfindigmachen von etwas in einem fort Verlorengegangenem, was nichts anderes sein kann als Beseeltheit.

Sätze, SW 19, S. 231

Romantisch sein heißt vielleicht weiter nichts als die Fähigkeit haben, durch die Schönheiten des Lebens und die Größe der Welt bezaubert zu werden, Liebe für die Erscheinungen zu fühlen und neben dem Sichtbaren auch das Unsichtbare zu sehen.

Leben eines Malers, SW 7, S. 20

Die Phantasie hat durchdringende Augen. Keine zehnmetrige Mauer, kein noch so schwarzer, giftiger Schatten hemmt ihren Blick, der Mauern und Schatten wie ein Netz durchzieht.

Simon, SW 2, S. 18

Die Dichter haben oft unheimlich lange Rüssel, mit denen sie die Zukunft vorausfühlen. Sie riechen die kommenden Ereignisse wie Schweine die Champignons.

Seelig, Wanderungen mit Robert Walser, S. 60

Um scheinbar Uninteressantes interessant zu finden, bedarf es eines Quantums Begabung. Eine große Begebenheit rüttelt auch einen Trottel auf; die kleine, die bescheidene entgeht seinem Mangel an Geübtheit im Schauen. Anständigkeit, Bravheit kommen keinem anderen so klein, so unbedeutend vor wie den Kleinlichen, Unbedeutenden, denen nur Gaunereien usw. bedeutend zu sein scheinen. Es gibt Leute, die ihre minderwertige Sorte von Vertrauen nur Mitbürgern schenken, die doch mindestens schon Juwelen zu stehlen auf den hohen Einfall kamen.

Ferienreise, SW 17, S. 433

Mit wenig Stoff, Vorwand oder Beweggrund kommt einer aus, der viel zu sagen hat.

Die Zofe, SW 20, S. 402

Etwas Schönes scheint immer klug zu sein, wie Klugheit an sich schön ist.

Aus dem Bleistiftgebiet, Band 5, S. 94

Klügeln führt nicht zur Klugheit. Eine höhere Macht straft uns, wenn wir wissender sein wollen, als uns ziemt.

Der Künstler, SW 16, S. 121

Meiner Ansicht nach hat sich ein Schriftsteller Mühe zu geben, so zu schreiben, als säße oder stände er in einem Salon und erzähle anwesenden netten, für das, was sich schickt, empfindlichen Menschen mündlich eine nicht gar zu amüsant sein sollende Geschichte; denn wer zu sehr belustigt, wer in keiner Weise davor zurückschreckt, die Ursache von allzuviel Fröhlichkeit zu werden, den hält man nicht für einen Bürger sondern ganz einfach bloß nur noch für einen Narren.

Das »Tagebuch«-Fragment, SW 18, S. 76f.

Die Witze, die hübsch klingen, wenn sie aus dem Munde kommen, nehmen sich nur selten auch auf dem Papiere gut aus.

Fritz Kochers Aufsätze, SW 1, S. 46

Schöpferische Naturen sind unspekulativ. Das unterscheidet sie von den Nachahmern.

Seelig, Wanderungen mit Robert Walser, S. 51

Die gefährlichsten und unerfreulichsten Dilettanten sind... solche, die in der Kunst Revolutionen zu inszenieren vorgeben, Dilettanten der äußersten Linken, Glücksspieler, die mit kühnen Handgriffen die Spitze des zeitgenössischen Geschmackes aus dem Himmel der Kunst herabreißen, um zu zerfetzen, was sie mit den Fingern erwischt haben. Angeblich kühne und schwungvolle Naturen, mengen sie sich in alles, was von der Öffentlichkeit und Obrigkeit gehaßt und verfolgt wird, indem sie sich in aller Biergemütlichkeit das Aussehen von armen Verfolgten, Bedrückten und Gegeißelten geben, um stolz darüber zu sein.

Dilettanten, SW 15, S. 61 f.

Schriftsteller sollen sich nicht darum, daß sie sich ans Großartige schmiegen, für groß halten, vielmehr in Kleinigkeiten bedeutend zu sein versuchen. Was dachte ich neulich darüber? Man müsse vom geringsten Gegenstand schön reden lernen, was besser wäre, als über einen reichlichen Vorwand sich ärmlich ausdrücken.

Eine Ohrfeige und sonstiges, SW 8, S. 54

Ein kühner Dilettant malt oder beschreibt mit schlauer Vorliebe das Verpönte, das grob Sinnliche, das Nackte und meint, da er einen gefährlichen Standort wählt, auch ein gefahrdrohender Neuerer zu sein. Schon daß er überhaupt neuern will, das verurteilt ihn zur Unkunst. In der Kunst gibt es nie etwas zu erneuern, nur neu zu erfassen, nie etwas zu reinigen, nur selber reinlich zu sein, nie neue Werte zu schaffen, nur selber zu versuchen, wertvoll zu sein.

Dilettanten, SW 15, S. 62

Dichter dürfen, nebenbei gesagt, lange nicht so viel Geräusch hervorrufen wie Pianisten. Das rührt daher, weil das Publikum die Sprache der Töne glücklicherweise nicht versteht.

Die Ruine, SW 17, S. 128

Ich lese sehr gern Gedichte, weil sich in solchen der Geist des jedesmaligen Autors unmittelbar abspiegelt. Der Genuß eines Gedichts nimmt so entzückend wenig Zeit in Anspruch. Schon das ist ja sehr wertvoll.

Aus dem Bleistiftgebiet, Band 1, S. 45

Ich hege nämlich bezüglich der Lyrik folgende Überzeugung: Findet ein Gedicht bei einem flotten ausgemachten Teufel Gnade, so wird angenommen werden können, daß es von einem Engel fabriziert worden, mit anderen Worten, daß es ein gutes Gedicht sei.

Aus dem Bleistiftgebiet, Band 5, S. 27f.

Es ist kein schmackhaftes Zeichen der Zeit, daß sich die Literatur so imperialistisch gebärdet. Früher war sie bescheiden, gutartig. Heute besitzt sie Herrscherallüren. Das Volk soll ihr Untertan sein. Das ist eine ungesunde Entwicklung.

Seelig, Wanderungen mit Robert Walser, S. 112

Wie viele philosophische Systeme sind nur eine Rache für entgangene Genüsse!

Seelig, Wanderungen mit Robert Walser, S. 35

Das Banalste ist und bleibt für den Darsteller doch immer das Schwerste.

Briefe, S. 50

Das Gedicht entspringt aus der Lust des Intellektbesitzers auf eine große Portion hievon zu verzichten.

Briefe, S. 267

Malen ist die kälteste Kunst, ist eine Kunst des Geistes, der Beobachtung, des Nachdenkens, der höchst scharf zersetzten Gefühle. Was ist Geschmack anderes als zersetzte Empfindung, zergliedertes Sinnen? Und mit was malt man, als mit dem Geschmack? Sollten nicht Farbensinn und Geruchsinn in engster Berührung zueinander stehen? Sollte nicht ein bestimmter Duft den Eindruck einer bestimmten Farbe hervorrufen können?

Fritz Kochers Aufsätze, SW 1, S. 74f.

Sind denn nicht alle Sinne durch wunderbare Kanäle untereinander verbunden?

Fritz Kochers Aufsätze, SW 1, S. 75

Musik macht auf mich einen mathematischen Eindruck, mithin einen poetischen.

Sätze, SW 19, S. 232

In einem schönen Gesang ist immer ein gleichsam zusammengedrängtes und -gepreßtes Erfahren, Empfinden, eine zur Explosion fähige Ansammlung fühlenden, beengten Lebens und von bewegter Seele.

Der Spaziergang, SW 7, S. 110

Mir fehlt etwas, wenn ich keine Musik höre, und wenn ich Musik höre, fehlt mir erst recht etwas. Dies ist das Beste, was ich über Musik zu sagen weiß.

Fritz Kochers Aufsätze, SW 1, S. 44

Wer das Erlebte nicht empfindet, nicht bedenkt, dem entflicht es, und er erlebt es nie.

Ostermundigen, SW 17, S. 15

Wenn mich die Musik an nichts denken macht, finde ich sie fade, d. h. überflüssig, mithin lästig. Sie ist entweder für mich der Goldrahmen, der die durch sie geborenen Gedanklichkeiten einfaßt, oder aber die Frau, die kein Kind hat.

Brief für alle, SW 18, S. 114

Was die Musik betrifft, so sollte sie den höheren Schichten reserviert bleiben. In großen Quantitäten wirkt sie auf die Masse verblödend. Heute wird sie einem schon in jedem Pissoir serviert. Aber die Kunst muß ein Gnadengeschenk bleiben, nach dem das einfache Volk verlangend aufblickt. Sie darf nicht in die Kloake herabsteigen. Das ist falsch und entsetzlich geschmacklos. Das Herzliche, Anmutige und Vornehme sind für sie unerläßlich. – Was mich angeht, so begehre ich Musik im gewöhnlichen Zustand gar nicht. Ein freundschaftliches Gespräch ist mir lieber. Aber als ich in Bern in zwei Saaltöchter verliebt war, sehnte ich mich nach ihr und rannte ihr nach wie ein Besessener.

Seelig, Wanderungen mit Robert Walser, S. 30

Es fragt sich in der Tat, ob Liebe und Kunst einander überhaupt zu ertragen vermögen. Nach Jahren erst, wenn aus dem Wanderer und Ringer ein reicher Meister geworden und eine notwendige Entwicklung beendet ist, könnte dies vielleicht gelungen und alle derartigen Fragen überflüssig gemacht worden sein.

Leben eines Malers, SW 7, S. 14

Lieben ist ein Verschwenden, Kunst ein Sparen. Es gibt für mich keine gehässigeren Gegensätze.

Fritz Kochers Aufsätze, SW 1, S. 88

Was nützt dem Künstler sein Talent, wenn ihm die Liebe fehlt?

Seelig, Wanderungen mit Robert Walser, S. 21

Der Wunsch und die Leidenschaft, das Leben in Worten zu zeichnen, entstammen schließlich nur einer gewissen Genauigkeit und schönen Pedanterie der Seele, der es Schmerz bereitet, beobachten zu müssen, wie so viel Schönes, Lebendiges, Eilendes und Flüchtiges in der

Welt davonfliegt, ohne daß man es hat ins Notizbuch bannen können. Welche ewige Sorge!

Der Schriftsteller (I), SW 3, S. 131

Beim Erzählen geht es ähnlich zu wie in der Wirklichkeit. Man nimmt sich allerlei vor, denkt an bestimmte Personen und Gegenden, aber beim Wandern verändert sich's, Voreingenommenes verschwindet, das Ungesuchte findet sich ein, Unerwünschtes wird willkommen.

Einmal erzählte einer, SW 20, S. 83

Ich meine, es gehöre zur Vervollständigung dessen, was wirklich ist, daß man sich hie und da etwas einreden oder einbilden dürfe, mit andern Worten, unsere Einbildungen sind genau so wirklich, wie es unsere sonstigen Wirklichkeiten sind. Das Gefühl ist nicht minder Wirklichkeit wie der Verstand.

Das »Tagebuch«-Fragment von 1926, SW 18, S. 107

Daß sich ein Poet unter allen Umständen zu befreien, zu entfalten suchen müsse, erscheint uns sonnenklar; denn wir sind überzeugt, daß Entfaltung ohne Freiheit sicherlich unmöglich ist. Daneben leuchtet uns sehr wohl ein, daß menschliche Entwicklung nie ganz und gar ohne Situationen ablaufen kann, die ihren Bildner mitunter in ein schlechtes Licht stellen.

Poetenleben, SW 6, S. 125

Kein Schriftsteller ist zur Vollkommenheit verpflichtet. Man liebe ihn doch mit all seinen Menschlichkeiten und Skurrilitäten!

Seelig, Wanderungen mit Robert Walser, S. 51

Streng genommen sind ja wir alle, die wir Romane und Novellen schreiben, insofern Schurken, als wir mit rücksichtsvoller Rücksichtslosigkeit, zarter Kühnheit, unerschrockener Erschrockenheit, leidender Lustigkeit und lustigem Leid beim Abdrücken unserer Gewehre, will sagen beim Zielen auf unsere so hochgeschätzten Modelle vorgehen. So ist es einmal in der Literatur.

Der Räuber, SW 12, S. 169

Daß immer, sobald man mit irgendeinem anderen erzählend daherkommt, von einigen, die an sich durchaus nicht willenlos sind, auf's Nachgiebigste geglaubt wird, man habe auf sie gezielt, vielleicht in der Absicht, ihnen weh zu tun, oder im Vorhaben, ihnen Schaden zuzufügen. Manchmal gehöre ich auch zu dieser Sorte von Gestrigen oder Vorgestrigen. Auch ich bin mitunter empfindlich, doch manchmal bin ich es nicht, und sobald ich es nicht bin, gefalle ich mir viel besser, als wie ich mir behagen würde, wenn ich Angst hätte, andere könnten in Bezug auf mich ein bißchen leichtsinnig sein.

Aus dem Bleistiftgebiet, Band 5, S. 254

Schreiben ist eine Sache des still sich Ereiferns. Wer nie ruhig sitzen kann, sondern immer laut und wichtig zu einer Arbeit tun muß, um diese zu verrichten, wird nie schön und lebhaft schreiben können.

Fritz Kochers Aufsätze, SW 1, S. 45

Meine Empfindungen sind Pfeilspitzen, die mich verwunden. Das Herz will verwundet und die Gedanken wollen ermüdet sein. Ich will den Mond in ein Gedicht pressen und die Sterne in eins und mich darunter mischen. Was soll ich mit Gefühlen anfangen, als sie wie Fische im Sande der Sprache zappeln und sterben zu lassen. Ich werde mit mir zu Ende sein, sobald ich mit Dichten fertig bin, und das freut mich.

Dichter (Dramolett), SW 14, S. 21

Ja, es gibt schon Zeiten, wo die zu beneiden
sind, die auch aus den Leiden
Weiden
der Daseinsschönheit machen.

Aus dem Bleistiftgebiet, Band 2, S. 375

Ich kam mir überhaupt, je mehr ich vordrang mit Schreiben, wie behütet und wie beschützt vor von einem gütigen Wesen.

Geschwister Tanner (Kleine Dichtungen), SW 4, S. 128

Der Schriftsteller liebt die Welt, denn er fühlt, daß er aufhört, ihr Kind zu sein, wenn er sie nicht mehr lieben kann. In diesem Fall ist er ja auch meist nur noch ein mittelmäßiger Schriftsteller, das empfindet er deutlich, und deshalb vermeidet er es, dem Leben ein mißmutiges Gesicht zu zeigen. Infolgedessen kommt es auch oft vor, daß man ihn für einen urteilslosen, beschränkten Schwärmer ansieht, während man doch gar nicht bedenkt, daß er ein Mensch ist, der sich weder den Spott, noch den Haß gestatten darf, weil ihm diese Empfindungen zu leicht die Lust am Schaffen rauben.

Der Schriftsteller (I), SW 3, S. 134

Ich finde, eine schöne Seele zu sein, sei für einen Buchmacher wichtiger als möglichst häufig recht zu haben; ein echter Poet kenne die Frauen und die Liebe immer am besten, und es gebe keine taktvollere Art, eine Liebesgeschichte zu schreiben, als sie möglichst vollständig zu erfinden.

Hier wird kritisiert, SW 19, S. 277

Mir scheint die Frage, ob ein Dichter an sich Mann oder Weib sei, schwierig zu beantworten.

Briefe, S. 328

Habe ich Blumen gepflückt, um sie auf mein Unglück zu legen?

Der Spaziergang, SW 7, S. 151

Schriftsteller ohne Ethik verdienen durchgeprügelt zu werden. Sie haben sich gegen ihren Beruf versündigt. Die Strafe ist nun, daß der Hitler auf sie losgelassen wurde. Man kann der modernen schöngeistigen Literatur den Vorwurf nicht ersparen, daß sie sich unzart, überheblich und aufgeblasen benimmt. Ich bin vollkommen überzeugt, daß wirklich gute Bücher jedem Leser in die Hand gegeben werden können. Den Konfirmanden so gut wie alten Jungfern. Von wievielen Produkten der heutigen Belletristik läßt sich das aber behaupten?

Seelig, Wanderungen mit Robert Walser, S. 49f.

Meiner Meinung nach hat sich ein Schriftsteller, der es mit seinen Mitmenschen auch nur einigermaßen gut meint, nach Möglichkeit so aufzuführen, daß er die Illusionen retten, vor Verdrängung durch die Illusionslosigkeit bewahren hilft.

Das schöne Städtchen, SW 19, S. 69

Märchen sind im Leben sowohl wie im Buchhandel ständig gesucht.

Aus dem Bleistiftgebiet, Band 1, S. 174

Eine Dichtung muß sein wie ein schöner Anzug, der dem Kaufer flattiert.

Seelig, Wanderungen mit Robert Walser, S. 20

Kam denn nicht von jeher alle beste Kunst von den Einfachheiten und Alltäglichkeiten her?

Würzburg, SW 6, S. 41

Je weniger Handlung und einen je kleineren regionalen Umkreis ein Dichter braucht, um so bedeutender ist oft sein Talent. Gegen Schriftsteller, die in Handlungen exzellieren und gleich die ganze Welt für ihre Figuren brauchen, bin ich von vornherein mißtrauisch. Die alltäglichen Dinge sind schön und reich genug, um aus ihnen dichterische Funken schlagen zu können.

Seelig, Wanderungen mit Robert Walser, S. 14

Ich möchte demnach im Interesse eines wirklich bleibenden Wertes ihrer Bücher den Romanschriftstellern raten, lieber Geringfügiges groß als Großzügiges unbedeutend zu behandeln.

Einige Worte über das Romanschreiben, SW 17, S. 182

Ich machte folgende Erfahrung auf dem Gebiet meiner Schriftstellerei: am farbigsten wirken Prosastücke gerade dann, wenn nichts von Farben darin gesagt wird. Auch im Leben, z. B. in der Liebe, ist es ähnlich. Einer, der immer von leben oder von lieben spricht, stört sich sein Lieben oder Leben. Das, was man nicht erwähnt, lebt am lebhaftesten, weil jedes Erwähnen, Andeuten irgend etwas von dem Betreffenden wegnimmt, [es] angreift, mithin vermindert. Das erfahren hauptsächlich die Gebildeten, die nicht essen, nicht in der Elektrischen fahren, nicht lesen können, ohne immer gleich einen Essay darüber zu schreiben, und sich so das Essen, das Fahren, das Lesen usw. in seinen Einwirkungen schwächen. Natürlich gehöre auch ich zu denen, die dies schon gespürt, erlebt haben, denn sonst wüßte ich es nicht.

Briefe, S. 335

Daß es mancherorts durch vielfache Überreizung verdorbene, sensationslüsterne Neuigkeitenschnapper gibt, die unglücklich sind, wenn sie nicht fast jede Minute nach nie dagewesenen Gelüsten lüsten können, ist mir wohl bewußt. Im großen und ganzen scheint mir stetiges Bedürfnis nach Genuß und Kost von immer wieder gänzlich neuen Dingen ein Zug von Kleinheit, Mangel an innerem Leben, Naturentfremdung und mittelmäßiger oder fehlerhafter Auffassungsgabe zu sein. Kleine Kinder sind es, denen man immer irgend etwas Neues und Anderes vorführen soll, damit sie nicht unzufrieden seien. Der ernsthafte Schriftsteller kann sich keineswegs berufen fühlen, Anhäufung des Stofflichen zu besorgen, unruhiger Gier behender Diener zu sein; er fürchtet sich folgerichtigerweise vor einigen Wiederholungen absolut nicht, wiewohl er sich selbstverständlich stets emsig Mühe gibt, häufige Ähnlichkeiten zu verhüten.

Vom Glück des Unglücks, S. 54 f.

Alle Essayisten müssen, um interessant zu scheinen, bis zu gewissen schicklichen Grenzen aufschneiden. Dies gehört zur Berufsausübung, die nicht von jedem Beliebigen verstanden werden kann.

Briefe, S. 332

Ich halte Genauigkeit für poetisch.

Ich stand vor ihrem Dorf, SW 20, S. 16

Diejenigen Geschehnisse, die jederzeit in der Zeitung stehen können, sind doch immer die packendsten, das Gewöhnliche enthält Geheimnisvolles, im Trivialen liegt Überirdisches.

Lenzens Soldaten, SW 15, S. 26

Das Lebendige ist mir lieber als das Unsterbliche.

Markt, SW 3, S. 71

Der spannendste Roman, den es meiner Ansicht nach gibt, ist die Weltgeschichte.

Sätze, SW 19, S. 232

Als ein Meisterwerk erscheint mir ein Buch, das vor allem die Eigenschaft hat, daß es dem Wandel der Mode, der Zeit standhält, daß es sich mit seines Inhaltes, seines Geistes Vorzüglichkeiten gleichsam sieghaft durchsetzt. Ein Meisterwerk weckt sowohl erstens Rührung, als es zweitens dem guten Geschmack zu keiner Zeit Mühe verursacht, sich mit ihm zu befassen. Natürlich kann man Meisterhaftigkeit auch noch anders definieren. Solch ein Buch besitzt etwas wie eine hypnotische Kraft; es hat Leute bezaubert, die anders aufzutreten, anders zu denken gewöhnt gewesen sind als wir, und es bezaubert nun auch uns Lebende, Moderne.

Ich las drei Bücher, SW 18, S. 222f.

Darf ich gestehen, ich sei in letzter Zeit zur Überzeugung gekommen, daß Kriegskunst ebenso schwierig und geduldheischend sein mag wie Dichtkunst, und umgekehrt?
Auch Schriftsteller treffen oft ähnlich wie Generäle langwierigste Vorbereitungen, bevor sie zum Angriff zu schreiten und eine Schlacht zu liefern, mit andern Worten ein Buch oder Kunst- und Machwerk auf den Büchermarkt zu schleudern wagen, was mitunter gewaltige Gegenangriffe mächtig herausfordert. Bekanntlich locken Bücher allfällige diesbezügliche Besprechungen hervor, die manchmal so grimmig ausfallen, daß das Buch unverzüglich verschwinden muß, während offenbar der bedauerliche, arme, nichtswürdige Verfasser jämmerlich erstickt und zweifellos verzweifelt.

Der Spaziergang, SW 7, S. 101 f.

Vor jeder Art Leser fürchte ich mich aufrichtig und beständig. Das elende Feiglingseingeständnis halte ich für nur zu begreiflich. Noch allen kühneren Autoren ging es so.

Der Spaziergang, SW 7, S. 101 f.

Literaturwissenschaftler scheinen der Meinung oder dem Glauben zu huldigen, die schöpferische Literatur verfolge einzig und allein den Zweck, nur für sie da zu sein, damit sie sie, ohne sich den Zwang langer Bedenklichkeit aufzuerlegen, als unopportun bezeichnen können.

Aus dem Bleistiftgebiet, Band 4, S. 106

Nur schüchtern wage ich mich an das Kritisieren eines Buches heran, das mir soeben ein Verleger höflich zusandte; aber indem ich zu kritisieren beginne, stellt sich die Idee bei mir ein, ich säße in einem Klubsessel. Die Aufgabe, der ich mich hingebungsvoll unterziehe, stimmt mich direktoriell. Sollte übrigens ein Literaturdoktor etwas wie ein Bildungsdiktator sein?

Hier wird kritisiert, SW 19, S. 274f.

Nebenbei sei gesagt: Leute, die einen Dichter von morgens früh bis spät aben(d)s am Dichten stören, verlangen von demselben in kürzester Zeit die Hervorzaubерung überraschendster Meisterwerke.

Aus dem Bleistiftgebiet, Band 5, S. 53

Je größer der war, der ihm zuhörte, um so höher und größer war auch der Genuß. Es ist dies ja das Geheimnis des Kunstgenusses überhaupt.

Paganini, SW 3, S. 128f.

Wir meinen einander verstanden haben zu müssen, was doch ganz und gar nicht nötig ist. Viel gescheiter ist's doch, wenn wir uns genügen. Keiner hat was vom andern, wenn er ihn versteht, aber viel, wenn's ihm lieb ist, ihn zu sehen, und es ihn erquickt, wenn er spricht.

Aus dem Bleistiftgebiet, Band 5, S. 145

Erst wenn die Menschen entweder tot oder lahm daliegen, kommt die Mitwelt mit Wünschen, Darbietungen,

Ehrungen usw. zu ihnen, wenn's zu spät ist. Den Gesunden ist man böse, weil sie gesund sind. Den Fröhlichen grollt man um ihrer Fröhlichkeit willen. Und das geschieht nicht absichtlich, und daß es instinktiv geschieht, ist vielleicht das ganz, ganz Betrübende, das Aussichtslose.

Der Räuber, SW 12, S. 94

Vielleicht wird nach langer Zeit einmal eine überallhin verbreitete Selbständigkeit gedeihen. Alsdann wird es nur mehr noch gute Absichten, aber keine sogenannten leuchtenden Größen mehr geben. Für nichts und wieder nichts floh Tolstoi nicht ins Eisfeld hinaus, um sich den Tod zu geben. Ihm grauste vor sich selbst. Zwar würde ich so etwas an seiner Stelle lieber unterlassen haben. Man soll ausharren und nicht verzweifeln. Ruhm ist klein und töricht, doch es wird immer Berühmtheiten geben, obwohl es für die Menschheit weitaus besser wäre, wenn es keine gäbe.

Reisebericht, SW 7, S. 53

Dichter sind darin großartig, daß sie ihrer Mitmenschen Freude mitansehen können, ohne gleich zu meinen, daß sie mitgenossen haben müßten.

Eine Ohrfeige und sonstiges, SW 8, S. 56

Es ist unmöglich, Leistungen zu zeitigen und das nicht zu wissen, und sobald einer dies weiß, fühlt er Würde, und diese ist dem Stolz ähnlich.

Bildnis eines Mannes, SW 16, S. 232

Wir sind ja, sobald wir irgendwo in Gesellschaft auftreten, oder Kultur treiben, ohne weiteres eitel, denn die Kultur selber ist ja gewiß nichts anderes als die Eitelkeit selber, sie muß sie sein, und wer ganz und gar darauf verzichtet, eitel zu sein, der geht verloren, oder er gibt sich preis.

Das »Tagebuch«-Fragment von 1926, SW 18, S. 107

Ich möchte gerne berühmt sein, aber unter kraftvolleren, edleren Menschen! Ruhm ist eine wundervolle, göttliche Sache, aber ihr Wert verschwindet, wird sie nur ausgeschrieben, nicht ausgehändigt. Also fort damit.

Die große Lesermasse lehnt das Genie instinktiv ab: Darum bringen es zweit- oder drittrangige Talente meistens rascher zu Erfolg als die erstrangigen. Das Genie ist seiner ganzen Natur nach ungemütlich; das Volk liebt aber die Gemütlichkeit.

Seelig, Wanderungen mit Robert Walser, S. 65

Es gibt zweierlei Schriftsteller, solche, die so geläufig, belanglos und reichlich schreiben, wie Redelustige in Gesellschaft zu reden pflegen, und solche, die in ihrem Schreiben ganz andere Leute sind als im Konversieren.

Brief an die Geduldige, SW 18, S. 128

Man kann ohne Routine sein und mit diesem Mangel einen Erfolg haben, der den Vorzug hat, daß er echt ist. Können kann Schablone sein. Wie wenig Leben hat diese.

Ausflug aufs Land, SW 17, S. 93

Mit der Sentimentalität... macht man die besten, die emporkömmlichsten und bekömmlichsten Geschäfte.

Jakob von Gunten, SW 11, S. 118

Wenn bedeutende Menschen sentimental sind, verringert das ihre Bedeutung. Die Sentimentalität ist eine Feindin der Entwicklung.

Vom Glück des Unglücks, S. 55

Es gibt unter Kunstkennern und Künstlern herrliche Ausnahmen, die aber meist still und ruhig sind, wenig von sich reden machen, also zu erkennen geben, daß es nicht ihr Plan ist, Einfluß auszuüben. Diese wissen genau, wie viel neuer Irrtum und wie wenig Fortschreitendes aus Einfluß entsprießt.

Fritz Kochers Aufsätze, SW 1, S. 70

Gewissen Leuten ist es glücklicherweise gänzlich unmöglich, die Dichter sowohl wie das, was sie gedichtet haben, unbeachtet zu lassen; vielmehr finden viele Menschen eine natürliche Erbauung in den Büchern, die, wie alle Kunst, erlebt werden können wie das Leben selber. Leben und Kunst spielen wie freie Wellen nebeneinander.

Leben eines Malers, SW 7, S. 20

Ich fing viel zu lesen an, weil mich das Leben verneinte, die Lektüre jedoch die Güte besaß, zu meinen Neigungen, meinem Charakter ja zu sagen.

Einer, der immer irgend etwas las, SW 20, S. 306

Wie schön ist's für einen Menschen, der einen Roman erlebt hat, dann einen zu lesen.

Über eine Art von Duell, SW 17, S. 171

Ein Buch ist gewissermaßen eine Fessel; man spricht nicht umsonst von fesselnder Lektüre. Ein Buch bezaubert, beherrscht uns, hält uns in seinem Bann, übt also Macht auf uns aus, und wir lassen uns eine derartige Gewaltherrschaft gern gefallen, denn sie ist eine Wohltat. Wen ein Buch für einige Zeit fesselt, der benützt diese Zeit nicht dazu, um über seinen lieben Nebenmenschen einen Klatsch zu veranstalten.

Lesen, SW 5, S. 183f.

Es gibt Leute, die bürgerlich normal sind bei künstlerischer Unpäßlichkeit. Ein Dichter kann irgendwie krank, aber als Dichter doch gutsituiert sein. Dichtet ein gesunder Mensch schlecht, so ist er eben als Dichter krank. Dichtet ein kranker Mensch gut, so gehört er als Dichter zu den Gesunden.

Eine Ohrfeige und sonstiges, SW 8, S. 55

Ich richte an die Gesunden folgenden Appell: Leset doch nicht immer nur diese gesunden Bücher, machet euch doch auch mit sogenannter krankhafter Literatur näher bekannt, aus der ihr vielleicht wesentliche Erbauung schöpfen könnt. Gesunde Menschen sollten stets gewissermaßen etwas riskieren. Wozu, heilandhagelnochmal, ist man denn gesund? Bloß um eines Tages so aus der Gesundheit heraus zu sterben?

Der Räuber, SW 12, S. 83

Fröhliche Naturen lesen meiner Meinung nach mit Vorliebe Ernsthaftes, wie sich ernste Menschen gern von leisen Übermütigkeiten anlächeln lassen.

Das Adoptivkind, SW 20, S. 348 f.

Das schlechteste Buch ist nicht so schlecht wie die völlige Gleichgültigkeit, die überhaupt nie ein Buch zur Hand nimmt.

Lesen, SW 5, S. 184

Ungenauigkeiten, was geistiges Eigentum betrifft, begehen womöglich alle Intelligenten, und da es in allen oder (den) meisten Fällen nichts anderes als die Anerkennung ist, die auf den Pfaden der Aneignung fremden Eigentums wandelt, was auf dem Gebiet des geistigen Schaffens mit nur zu viel Leichtigkeit vorkommt, so kann meines Bedünkens nach nicht viel ernstliches Aufhebens daraus gemacht werden.

Aus dem Bleistiftgebiet, Band 4, S. 233

Ich huldige dem Grundsatz: Was mir gefällt, gehört bis zu einem gewissen Grad mir. Was mir aber nicht paßt, braucht mich nicht zu kümmern.

Aus dem Bleistiftgebiet, Band 4, S. 31

Ich rate ab, viel Weises zu lesen, weil dadurch der Eifer, weise zu werden, erschlaffen kann. Das Leben macht uns gut, nicht die Bücher. Diese seien möglichst unterhaltend. Sich gut unterhalten, sollte das etwa keine Weisheit sein?

Aufsatz über einen Landaufenthalt, SW 17, S. 64

Die gefährliche Schlange der Erfolglosigkeit

Ich kann das Karrieremachen in Gottes Namen nicht achten. Ich mag leben, aber ich mag nicht in eine Laufbahn hineinlaufen, was so etwas Großartiges sein soll. Was ist Großartiges dabei: frühzeitig krumme Rücken vom Stehen an zu kleinen Pulten, faltige Hände, blasse Gesichter, zerschundene Werktagshosen, zittrige Beine, dicke Bäuche, verdorbene Mägen, kahle Platten auf den Schädeln, grimmige, anschnauzige, lederne, verblaßte, glutlose Augen, abgemergelte Stirnen und das Bewußtsein, ein pflichtgetreuer Narr gewesen zu sein. Ich danke! Ich bleibe lieber arm aber gesund, verzichte auf eine Staatswohnung zugunsten eines billigen Zimmers, wenn es auch auf die dunkelste Gasse hinausgeht, lebe lieber in Geldverlegenheiten als in der Verlegenheit, wo ich sommers hinreisen soll, um meine verdorbene Gesundheit aufzuputzen, bin allerdings nur von einem einzigen Menschen geachtet, nämlich von mir selber, aber das ist einer, an dessen Achtung mir am meisten liegt, bin frei und kann jedesmal, wenn es die Notwendigkeit verlangt, meine Freiheit für einige Zeitlang verkaufen, um nachher wieder frei zu sein. Es lohnt sich, um der Freiheit willen arm zu bleiben. Ich habe zu essen; denn ich besitze das Talent, mit ganz wenigem satt zu werden. Ich werde rasend, wenn man mir mit dem Wort und mit der Zumutung kommt, die in dem Worte ›Lebensstellung‹ liegt. Ich will Mensch bleiben. Mit einem Wort: ich liebe das Gefährliche, das

Abgründige, Schwebende und das Nicht-Kontrollierbare!

Geschwister Tanner, SW 9, S. 256f.

Ehrgeiz ist vielleicht schon an und für sich eine Talentlosigkeit, indem die Begabung darin besteht, daß man nicht ehrgeizig ist.

Mamsell Miseel, SW 20, S. 337

In der Tat mache ich mich mit Vorliebe so wenig breit wie möglich, weil ich der Ansicht bin, daß genügend Menschen existieren, die gern groß sind und das unfeine Bedürfnis haben, wichtig aufzutreten.

Reisebericht, SW 7, S. 50

Besteht nicht vielleicht eine Portion Bedeutendheit darin, daß man sich bemüht, sich nie zu bedeutend vorzukommen?

Der Neger, SW 19, S. 348

Man spürt es sofort, wenn Menschen Erfolge und Anerkennung aufzuweisen haben, sie werden quasi dick von sättigender Selbstzufriedenheit, und ballonhaft bläst sie die Kraft der Eitelkeit auf, zum Niewiedererkennen. Gott behüte einen braven Menschen vor der Anerkennung der Menge. Macht es ihn nicht schlecht, so verwirrt und entkräftet es ihn bloß.

Jakob von Gunten, SW 11, S. 82

Wie ist es schön, arm und jung und unbekannt zu sein. Wie gerne gäbe mancher Schwerberühmte seinen Ruhm und all sein Ansehen für ein Achtel oder auch nur Achtzigstel, für ein Drittel oder Dreißigstel des Jugendzustandes her. Die Jungen sehnen sich nach Ehre, Ruhm, Erfolg und Ansehen, aber die Berühmten und die Mächtigen sehnen sich wieder in das arme wilde Jugendsehnen und in das heiße beglückende Ringen mit der Existenz zurück. Der Erfolg macht nicht glücklich, aber es muß ja eine Arbeit und ein Streben auf dieser armen, widerspruchsvollen Erde sein. Es muß ja einen Ruhm und einen Reichtum geben, aber Ruhm und Reichtum vermögen nur niedrige und flache Seelen zu beglücken. Es muß auf dieser Erde ein ewiges Auf und Ab und eine ewige Niebefriedigung sein.

Die Brüder, SW 5, S. 104

In meiner Umgebung hat es immer Komplotte gegeben, um Ungeziefer wie mich abzuwehren. Vornehm-hochmütig wurde immer alles abgewehrt, was nicht in die eigene Welt paßte. Mich dort hineinzudrängen, habe ich mich nie getraut. Ich hätte nicht einmal die Courage gehabt, hineinzublinzeln. So habe ich mein eigenes Leben gelebt, an der Peripherie der bürgerlichen Existenzen, und war es nicht gut so? Hat meine Welt nicht auch das Recht, zu existieren, obwohl es scheinbar eine ärmere, machtlose Welt ist?

Seelig, Wanderungen mit Robert Walser, S. 35

Niemand sagt die Wahrheit dort in den Kreisen, die in der Welt den Ton angeben. – Vielleicht ist dort ein wahres Wort schon deshalb unmöglich, weil dort die Leute zu klug sind und Tausende von Wahrheiten und Unwahrheiten kennen. Die Kenntnis vom Menschen ist dort zu reich und der Schatz der Erfahrungen schon eigentlich zu groß. Wahrheitsagen setzt in gewissem Sinne Beschränktheit voraus.

Frau Bähni, SW 16, S. 281

Ob ich zu den seltsamen Menschen gehöre, die nur klug sind, wenn sie es sich einbilden, und aufhören, klug zu sein, sobald sie zeigen sollten, daß sie es wirklich sind.

Helblings Geschichte, SW 4, S. 59

Wo ich nicht denken soll, da denke ich immer, und wo ich verpflichtet wäre, es zu tun, kann ich es nicht.

Helblings Geschichte, SW 4, S. 59

Wir sollten uns abgewöhnen, so rasch an Erfolg oder Mißerfolg zu glauben; das ist ja doch meistens ein Irrtum. Wir können doch nur im Anunsarbeiten wirklich schön sein. Was man Gesellschaft nennt, stützt sich auf die Willigen.

Nun ist sie weg, …, SW 17, S. 111

Allgemein gesprochen, halte ich nichts für so gesund als eine kräftige Portion Verkennung, die gewiß auch

Nachteile haben mag, aber aus fröhlicher Verarbeitung dessen, was nachteilig ist, wächst Vorzügliches.

Verkannte Dichter unter uns?, SW 18, S. 277

Etwas Gutes findet seinen Weg immer, geht über manches Hindernis, obschon es von Zeit zu Zeit ermüdet scheinen will, unbeirrt weiter und kommt beinah unwillkürlich an ein befriedigendes Ziel.

Glückwunsch zum 25jährigen Erscheinen..., SW 16, S. 417

Warum ich als Schriftsteller nicht hochgekommen bin? Ich will es Ihnen sagen: ich besaß zu wenig gesellschaftlichen Instinkt. Ich habe der Gesellschaft zuliebe zu wenig geschauspielert. Ich ließ mich zu meinem persönlichen Plaisir gar zuviel gehen. Ja, es ist wahr, ich hatte Anlagen, eine Art Stromer zu werden, und wehrte mich dagegen kaum. Dieses Subjektive hat die Leser der ›Geschwister Tanner‹ verärgert. Nach ihrer Ansicht darf sich der Schriftsteller nicht im Subjektiven verlieren. Sie empfinden es als Anmaßung, das eigene Ich so wichtig zu nehmen. Wie falsch handelt also der Dichter, wenn er annimmt, die Mitwelt interessiere sich für seine Privatangelegenheiten!

Seelig, Wanderungen mit Robert Walser, S. 42f.

Nie, auch nicht in Perioden größter Armut, hätte ich mich von [der Gesellschaft] kaufen lassen. Immer war mir die persönliche Freiheit lieber.

Seelig, Wanderungen mit Robert Walser, S. 124

Die, die Talent haben, taugen nicht zu Autoritäten, während handkehrum eine Autorität meist Grund hat zu seufzen: »Schade, daß ich nicht genug sogenannte Begabung besitze.«

Aus dem Bleistiftgebiet, Band 5, S. 285

Ich persönlich hocke lieber im Dreck, als schäbigen Spendern ›merci!‹ sagen zu müssen. Selber Dienste verrichten ist immer besser, als sie annehmen.

Seelig, Wanderungen mit Robert Walser, S. 79

Es ist ein wahres Unglück, wenn ein Autor nicht gleich mit seinem ersten Buch Anerkennung findet, wie es mir ergangen ist. Dann hält sich jeder Verleger für befugt, ihm Ratschläge zu erteilen, wie er es am schnellsten zu einem Erfolg bringen könnte. Diese verführerische Ohrenbläserei hat schon manche schwächliche Natur ruiniert.

Seelig, Wanderungen mit Robert Walser, S. 29f.

Mir ist tausendmal lieber, man glaube nicht an mich, man liebe mich nicht, denn das hängt sich einem nur so an. Man hat das Gefühl, man schleppe etwas nach. Schon viele Menschen haben Geliebtwordensein zu schleppen gehabt. Man hat an sie geglaubt, man hat sie geehrt und hat sie in der Stunde der Anfechtung doch hübsch bequem und aufs schönste im Stich gelassen, indem man sich dann bis in die Wolken hinauf verwunderte, daß sie sich eines Mangels schuldig kommen ließen, während sie zu Unfaßbarkeiten des Wertes verpflichtet waren.

Der Räuber, SW 12, S. 148

In die Gesellschaft, d.h. dorthin, wo sich die Welt zusammenfindet, die die Welt bedeutet, ging ich nie. Ich hatte dort deshalb nichts zu suchen, weil ich erfolglos war. Leute, die unter Leuten keinen Erfolg finden, haben bei Leuten nichts zu suchen.

Frau Wilke, SW 6, S. 102

Der Mißerfolg tritt mit Gefolge auf wie ein großer Herr. Er verändert den Charakter und legt auf die angeborene Güte eine schwere Schicht von allgemeiner Mißvergnügtheit. Er verbittert das Herz, das ursprünglich voll Liebe, Humor und Menschenfreundlichkeit war. Die Schwester des Mißerfolges ist die Not, die das heiterste Gemüt in ein böses und hartes verwandelt. Der erfolglose Mann verliert sein äußeres Ansehen und damit seine bisherige innere Sicherheit. Es treten Fehler und Mängel zutage. Feindschaft, Mißverständnis, Zerwürfnis schleichen sich in eine Familie, deren Oberhaupt krank am Glück ist. Der Familienvater, der kein Glück in seinen Unternehmungen hat, wird von seiner Gattin und von seinen Kindern mißverstanden, falsch beurteilt.

Der Handelsmann, SW 16, S. 182

Die Erfolglosigkeit ist eine bitterböse, gefährliche Schlange. Sie versucht unbarmherzig das Echte und Originelle im Künstler abzuwürgen.

Seelig, Wanderungen mit Robert Walser, S. 64

Kein Wunder ist so wunderbar, / daß es dem Lauf der Dinge hinderlich je war.

Aus dem Bleistiftgebiet, Band 6, S. 443

Unanteilnahme macht uns krank, indes uns eine Gelegenheit, neugierig, interessiert zu sein, anlächelt wie [die] Sonne.

Aus dem Bleistiftgebiet, Band 1, S. 253

Wie manchen legt der Mißerfolg vorzeitig ins Grab!

Gerade die alleranerkanntesten Genies sind oft den verkannten Genies am ähnlichsten. Beide unterscheiden sich nur durch das Glück; aber weder der Erfolg noch auch der hartnäckigste Mißerfolg macht den Künstler.

Dilettanten, SW 15, S. 61

Ist in seiner Art nicht auch der erfolgreiche Schriftsteller ein Mörder?

Seelig, Wanderungen mit Robert Walser, S. 133

Was man verachtet, das unterschätzt man.

Leben eines Malers, SW 7, S. 17

Ich verachte es, mich zu belügen. Die Auszeichnungen und Vorteile, die nicht ganz, ganz echt sind, betrachte ich als meine Feinde.

Jakob von Gunten, SW 11, S. 98

Ein Autor tut gut, ein sieghaftes, erfolgreiches Wesen zur Geltung zu bringen oder zur Schau zu stellen und im Buch, das er herstellt, mitschwingen zu lassen, denn die meisten Leser wollen bewundern; wenn sie dies nicht können, d. h. wenn sie sich hierzu nicht veranlaßt sehen, vermögen sie kein richtiges, ich meine glückliches Verhältnis zum Buch zu gewinnen.

Mutti, SW 20, S. 369

Mir hat halt immer der Heiligenschein gefehlt. Nur mit ihm kann man in der Literatur arrivieren. Irgendein Nimbus von Heroismus, von Duldertum und dergleichen, und schon ist die Leiter zum Erfolg da.

Seelig, Wanderungen mit Robert Walser, S. 15

Ich will mit dem Volk leben und in ihm verschwinden. Das ist das Passendste für mich.

Seelig, Wanderungen mit Robert Walser, S. 91

Liebe, Frauen und Ehe

Ohne Liebe ist der Mensch verloren.

Seelig, Wanderungen mit Robert Walser, S. 28

Wer nicht liebt, hat kein Dasein, ist nicht da, ist gestorben. Wer Lust zu lieben hat, steht von den Toten auf, und nur wer liebt, ist lebendig.

Die Einladung, SW 4, S. 80

Wie arm ist das Leben ohne Liebe, ohne diese Freude, die über jeder andern steht, ohne Begeisterung, die uns zum Guten entflammt... Für das Gute zu glühen, muß eine Lust sein!

Freundschaftsbrief, SW 16, S. 397

Eine natürliche und tiefe Liebe kommt Schritt für Schritt, wächst und entsteht wie das Gras oder wie das Getreide, nimmt nach und nach, d.h. langsam zu, wird größer und schöner, ist zuerst ein Tüpfchen, ein Pünktchen, und entwickelt sich zu einer seelenausfüllenden Kugel.

Aus dem Bleistiftgebiet, Band 5, S. 362

Lieben ist ein Besitzen, ein vollkommenes Zufriedensein, Genügen, ein ideales Vergnügtsein, während Sehnen sich mit dem lediglichen Lieben nicht begnügt, den Gegenstand nicht besitzt.

Aus dem Bleistiftgebiet, Band 4, S. 245

Jede Liebe ist eine glückliche, weil sie einen ja bereichert und uns die ganze Erde ein liebes Gesicht entgegensetzt, nur weil das Herz lebendig wurde.

Der Räuber, SW 12, S. 177

Wenn Liebe eine Musik ist, was können dann Liebende anderes als Musikanten sein, die mit meisterhafter Anfängerschaft und zaghafter Meisterlichkeit auf ihrer Seele wie auf einem Instrumente spielen.

Aus dem Bleistiftgebiet, Band 4, S. 157

Was wir verstehen und lieben, versteht und liebt auch uns.

Der Spaziergang, SW 7, S. 151

Ich will lieber gehaßt als verachtet sein, lieber nicht geliebt, als so geliebt sein, wie man ist, wenn man zugleich mißachtet wird. Nichts kränkt einen edlen Menschen mehr als Mißachtung.

Fritz Kochers Aufsätze, SW 1, S. 16

Liebende lieben ihre Liebe wie Hassende ihren Haß hassen.

Aus dem Bleistiftgebiet, Band 4, S. 346

Warum dürfen Liebe und Freundschaft nicht unsterblich sein wie die Sonne? Warum müssen Fülle des Gefühls, gewissenhaftes Streben, gedankenreiche Anstrengungen, hohes Sehnen und aufrichtiges Wollen verletzbar sein und ihren Untergang im kalten Grabe finden? Wie ist es möglich, daß alles dies stets so sein muß und nicht auch anders sein darf? Wie ging es zu, daß allen denen, die lieber freudig als traurig, lieber mutig und zuversichtlich als furchtsam und ängstlich sein möchten, so viel Niederdrückendes, Bemühendes auferlegt werden konnte, woran sie zu leiden haben, statt daß sie sich unzerstörbarer Gesundheit und Munterkeit zu erfreuen und an unweigerlicher Fröhlichkeit zu erlaben und belustigen hätten?

Reisebericht, SW 7, S. 49

Nicht weinen dürfen z.B., nun, das vergrößert das Weinen. Liebe entbehren, ja, das heißt lieben. Wenn ich nicht lieben soll, liebe ich zehnfach. Alles Verbotene lebt auf hundertfache Art und Weise; also lebt nur lebendiger, was tot sein sollte.

Jakob von Gunten, SW 11, S. 105

Was Liebe betrifft, so ist dies eine Welt, die man ebensogut geringschätzen und als nebensächlich empfinden wie hochheben und als hauptsächlich hinstellen und -pflanzen kann. Wie man sieht, bin ich mir der Zweibedeutigkeit von etwas Schönem und Gutem vollkommen bewußt, und ich werde wohl bitten dürfen, mich weder für einen einseitig schwärmenden Schäfer noch für einen ausgemachten Zyniker und Vernichter halten zu wollen, was Extremlichkeiten wären, die für mich nicht maßgebend sind.

Das »Tagebuch«-Fragment von 1926, SW 18, S. 72

Der Begeisterte darf wie jeder, der schwärmt und liebt, über die Schnur hauen, das ist folgerichtig und nur für den erstaunlich, der noch nie glücklich war.

Reisebericht, SW 7, S. 47

Was ist Geliebtsein und Beliebtsein gegen das blühende holdselige Wunder: selber lieben!

Vom Glück des Unglücks, S. 49

Fußfälle sind für Hinsinkende schöner als für die, vor denen man hinsinkt.

Der Räuber, SW 12, S. 34

Die geliebten Personen vermögen mitunter nicht in das Freudenreich derer einzudringen, die ihnen liebend ergeben sind, und die Liebenden sind ja die viel, viel Glücklicheren als die Geliebten.

Brief eines Europäers, SW 17, S. 232

Jede Frau ist groß, wenn sie zärtlich ist, und der Mann, der geliebt wird, ist immer klein. Liebe macht mich groß; und geliebt und begehrt sein, macht mich klein.

Zwei Bilder meines Bruders, SW 4, S. 39f.

Wenn man bewundert, geliebt sein will, soll man das nicht wünschen, sonst hört man auf liebenswürdig zu sein.

Aus dem Bleistiftgebiet, Band 1, S. 26

Wen die Frage der Beliebtheit nicht kümmert, ist beliebt. Schön ist, wer nichts vermißt, wer also ohne große Mühe, ohne viel Bedarf und Aufwand an Ursachen heiter zu sein vermag. Überlegenheit fordert nichts, als daß man so wenig wie möglich überlege, was zur Überlegenheit nötig sei.

Aus dem Bleistiftgebiet, Band 1, S. 247

Am farbigsten wirken Prosastücke gerade dann, wenn nichts von Farben darin gesagt wird. Auch im Leben, z. B. in der Liebe, ist es ähnlich. Einer, der immer von leben oder von lieben spricht, stört sich sein Lieben oder Leben. Das was man nicht erwähnt, lebt am lebhaftesten, weil jedes Erwähnen Andeuten irgend etwas von dem Betreffenden wegnimmt, ihn's angreift, mithin vermindert.

Briefe, S. 335

Die, die etwas lieben, tun dies im Bestreben, sich selbst Gutes zu gönnen.

Mutter und Kind, SW 20, S. 138

Was geht mich das Wertvolle an, wo ich das Geliebte haben möchte!

Vom Glück des Unglücks, S. 46

Liebende sind wahr, sie kümmern sich um keine Meinung.

Das Liebespaar (Dramolett), SW 14, S. 159

Liebe zu einem Menschen erzeugt Liebe zum Unendlichen. Liebende sind immer fromm und gläubig.

Leben eines Malers, SW 7, S. 14

Man wird besser und aufgeweckter durch eine ehrliche Liebe.

Helblings Geschichte, SW 4, S. 70

Diejenigen, die lieben, umkleiden sich, indem sie den Gegenstand ihrer Neigung erhöhen, mit einer die Schicklichkeit nicht störenden Selbsterniedrigung, ohne die es kein Hinaufschauen zu einem Ideal geben kann.

Die Verkäuferin, SW 20, S. 184

Was ist Anmut anderes als Demut?

Auf Knien!, SW 3, S. 45

Man darf nicht unterlassen, denen, die uns lieben, Respekt einzupflanzen, sonst beginnen sie in uns lediglich ein Mittel der Zerstreuung zu erblicken.

Erziehung des Apachen, SW 17, S. 421

Nichts ist für eine Frau, die sich von vielen begehrt sieht, natürlicher, als hochmütig zu werden. Jeder Begehrliche hält sich gedankenabweisenderweise für den Einzigen, er denkt nicht ernsthaft genug darüber nach, daß er einer Schar angehört und daß sich sein Wert dementsprechend vermindert.

Aus dem Bleistiftgebiet, Band 4, S. 118

Daß hübsche Frauen mehr Ansprüche machen als unscheinbar aussehende, dürfte klar sein.

Aus dem Bleistiftgebiet, Band 4, S. 64

Es ist nicht gesagt, daß Frauen die Frauen besser verstehen, als wie der Mann sie kennt. Der Mann kennt die Frauen auf romantische Art, die Frau faßt ihresgleichen realistischer auf, vielleicht kann man sagen, verstandeshafter, demnach also schulgemäß-einfach, so wie zwei mal zwei vier sind. Für den Mann ist die Frau etwas wie das Ergebnis fünf nach Vollzug desselben Exempels, etwas Unlogisches, Überlogisches, etwas, dessen er, oft unausgesprochener Weise, zu höheren Zwecken bedarf.

Der Räuber, SW 12, S. 134

Gewissen Männern ist es beschieden, einen hohen Wert insbesondere für Frauen zu haben; als Zeitgenossen und als Mitmenschen besitzen sie jedoch manchmal, wie wenn die Vorsehung und der Himmel für eine gleichmäßige Verteilung der Gaben sorgte, wenig oder nicht die leiseste Bedeutung, von Liebesdingen abgesehen, sind sie belanglos, und als treibende Elemente in Staats- oder Menschheitssachen fallen sie in keinerlei Betracht.

Luise, SW 5, S. 205

»Negermelodien [...] stellen in gewissem Sinn eine Art plump-graziöser Sehnsucht nach sehr einfacher und sehr starker Erotik dar. Sollte das Geschlechtsleben eine

Heimat der Menschen sein, und sollten viele von uns sich aus dieser Heimat vertrieben vorkommen?«

Aus dem Bleistiftgebiet, Band 1, S. 166f.

Menschen gelten oft für tüchtig, nur weil sie laut sind, ein Beweis der Wichtigkeit der Oberfläche. Geb' ich mich oberflächlich, so gefall' ich den Menschen. Mit Leichtsinnigkeit kann man sie gewinnen. Liebt man, so benimmt man sich unliebenswürdig; drum finden Liebende oft nicht Anklang. Liebe wirkt nicht so stark wie der Schein davon.

Das Kind (III), SW 8, S. 79

Lassen Sie sich gesagt sein, daß man lieben darf, daß man das aber nicht mir nichts dir nichts offen zu zeigen nötig haben sollte. Wie undifferenziert ist Aufrichtigkeit.

Wenn Autoren krank sind, SW 19, S. 267

Man spaßt furchtbar gern über das, was man schön findet und in der Seele lieb hat. Und man setzt gern herab, wovor man Ehrfurcht hat.

Briefe, S. 250

Wenn wir etwas Zartsinniges sagen wollen, klingt es gern etwas unzart.

Der Räuber, SW 12, S. 127

Es ist eine schwere Aufgabe, denen gegenüber gleichgültig zu scheinen, denen man in Wahrheit ergeben bleibt.

Der Räuber, SW 12, S. 34

Der Stolz bekämpft oft in hervorragendem Maß die Liebe. Viele, des bin ich überzeugt, werden meiner Meinung sein, wenn ich ausspreche, ich halte z. B. Mädchen allein deshalb schon für schön, weil sie stolz sind.

Aus dem Bleistiftgebiet, Band 4, S. 169

Die Liebe, das Nachgeben machen eben Unschmackhaftes schmackhaft, machen aus etwas, was einem im Weg ist, etwas zum Leben Mithinzugehöriges, etwas was sich schickt, was sich gehört.

Aus dem Bleistiftgebiet, Band 4, S. 19

Man soll nie sehnsüchtig, lebensverlangend, überhaupt wünschend aussehen, das nimmt sich nicht gut aus, und wir sollen möglichst stets so aussehen, daß man uns schätzen kann, liebhaben kann. Die, die so liebesuchend ausschauen, finden keine Gnade, keine Liebe, die verspottet man. Die in sich Beruhigten, Abgerundeten, die, die mit sich und ihrer Existenz versöhnt sind, die, die nach Ausgeglichenheit aussehen, die sind liebenswürdig. Die aber, denen scheinbar etwas fehlt, denen nimmt man unwillkürlich noch weg, statt Lust zu haben ihnen etwas zu geben, was nun einmal in der Welt so ist, und nie anders sein wird. Wer mit dem, was er ist und hat, zufrieden scheint, der hat Aussicht, noch etwas dazu zu erhalten, denn man neigt ihm gegenüber zur Willfährigkeit, weil man sieht, daß er zu besitzen versteht.

Der Räuber, SW 12, S. 149f.

Es gibt Mädchen, die aussehen, als wären sie körpergeformte Töne und klingende Blumen und duftendes Licht und gedichtete Düfte und unwahrscheinliche Wirklichkeiten und auf Wirklichkeit basierende Trugbilder und trügerische Lügen und mit seltsamer Geschicklichkeit erfundene und mit höchstem Talent zusammengelesene, aufrichtige Aussagen aus zaghaftem, triumphierendem Mund vor dem Thron Gottes, und Hirtinnen, die zugleich Schäfchen sind, und Unanrührbarkeiten und wieder zugleich Erscheinungen, die bestimmt sind, in eine Unaufhörlichkeit hinein liebkost zu werden, so, als könnten sie bloß im Angefaßtwerden gedeihen.

Brief für alle, SW 18, S. 111

Du mußt sie zu lieben anfangen und sie eine Zeitlang stärker und immer stärker lieben, bis du in eine gewissen Pracht von Liebe, in einen gewissen Liebesreichtum gekommen sein wirst; auf dieser Höhe mußt du dann zu beharren versuchen. Du wirst dann gleichsam elektrisiert sein. Fortwährend wird es in dir fröhlich musizieren. Statt bloß zu gehen, wirst du schweben. Dein ganzes Wesen wird singen.

Balzac-Phantasie, SW 17, S. 226

Bist du ein Freund des Weines, so bist du auch ein Freund der Frauen und ein Beschützer dessen, was ihnen lieb ist. Die Beziehungen, auch die verzweigtesten, die es zwischen Mann und Frau gibt, gehen dir aus dem Weinglas wie Blumen auf.

Der Räuber, SW 12, S. 25

Es gibt Frauen, welche an Zauber verlieren, wenn sie den Mund zum Sprechen auftun.

Fritz Kochers Aufsätze, SW 1, S. 86

Geld regiert die Welt und hie und da wohl auch das bißchen Liebe, und verwandelt sich Liebe in Haß, so erinnert man sich unbezahlter Kostgelder.

Aus dem Bleistiftgebiet, Band 1, S. 60

Am Abend geben die Frauen den Ton des Abends an, dazu passen ihre Figuren mit diesen Armen voll Wehmut und Fülle und diesen Brüsten voll atmender Beweglichkeit. Ihre Hände in Handschuhen sehen wie Kinder in Masken aus, mit denen sie winken, in denen sie immer etwas halten. Ihre ganze Haltung setzt die abendli che Welt in tönende Musik um. Wenn man jetzt, so wie ich es tue, hinter ihnen hergeht, so gehört man schon zu ihnen, in Gedanken, in fühlenden Schwankungen, in schlagenden Wellen, die an das Herz schlagen. Sie winken nicht, und doch winken sie einem. Obschon sie keine Fächer tragen, sieht man in einer ihrer Hände einen Fächer und er blitzt und blendet wie getriebenes Silber in dem verlorenen, verschwommenen Abendlicht. Die reifen, üppigen Frauen passen besonders schön zum Abend, so wie Greisinnen in den Winter und blühende Mädchen in den eben erwachten Tag hineinpassen, wie Kinder in den dämmernden Morgen und junge Ehegattinnen in den heißen Mittag, wo die Sonne der Welt am glühendsten scheint.

Geschwister Tanner, SW 9, S. 207

Können Frauen Gescheiteres tun als – gefallen?

Neues, SW 17, S. 29

Mädchen sind um so hübscher, mit je weniger sie sich bedecken.

Briefe, S. 216

Ich kenne nichts Belebenderes als Respekt vor dem Gesicht eines Mädchens zu haben, das dadurch schön wird.

Sätze, SW 19, S. 231

Gibst du einem Mädchen zu verstehen, daß sie schön sei, so ist es dadurch um so viel schöner, als du Verständnis zeigst. Nie ist eine Frau so reizend als dann, wenn sie sieht, daß sie reizt.

Das Liebespaar, SW 4, S. 86

Mädchen wünschen dirigiert zu sein, und wer könnte sie besser leiten als der, der sie auf ihre Fähigkeiten aufmerksam macht, und den es freut, wenn sie blühen?

Balzac-Phantasie, SW 17, S. 228

Alle Frauen verdienen Artigkeiten. Jede Frau hat etwas Feines. Ich habe schon Wäscherinnen wie Königinnen sich bewegen sehen.

Jakob von Gunten, SW 11, S. 23

Frauen avancieren zu Damen, sobald man sie wie solche behandelt.

Schwäche kann eine Stärke sein, SW 18, S. 305

Eine Frau steigt nach meinem Begriff vornehmlich dadurch in den Damenrang hinauf, daß sie mindestens schon einmal einen Mann vor den Eventualitäten ihres Stolzes zittern ließ.

Sätze, SW 19, S. 232

Nichts verachten und verschmähen echte weibliche Naturen so sehr wie Güte so ins Blaue hinein. Die Frauen erziehen den anwachsenden Mann zur Schätzung und Wertung seiner selbst. Vielleicht geht im Meer dieser Erziehung manche feine, gute und tüchtige Mannesgesinnung für immer unter, denn edel und hochherzig ist man nicht gern zum zweitenmal, wo man das erstemal ausgelacht worden ist. Doch wer könnte edel von Natur sein und nicht für immer?

Allerlei, SW 3, S. 136

Mein Ideal von einer Frau ist nicht Schönheit, nicht Klugheit, obwohl dies auch gut sein mag, nein, sondern Festigkeit, ich meine so: sie muß sich sicher fühlen.

Briefe, S. 153

Die Mädchen glauben nicht den Verehrern, sondern den Tapfern; nicht den Genießenden, sondern den Entsagenden; nicht den Augen, sondern dem Betragen. Das beste Betragen den Guten gegenüber ist immer, sie nicht für gar so gut zu halten.
Vertrauensseligkeit stößt nicht auf Vertrauen. Sie wollen durchschaut und dadurch respektiert sein.

Die Mädchen, SW 17, S. 202

Die Wünsche der Frauen sind die Wünsche des Lebens selber, und wenn wir letztere bestrebt sind zu erfüllen, befinden wir uns unmöglich auf anderen Wegen als auf bildenden, und die Bildung, schließt sie nicht die höch(s)ten Prinzipien in sich?

Aus dem Bleistiftgebiet, Band 5, S. 157

Der Frauen Klugheit paßt sich viel geschmeidiger ihren Empfindungen an; deshalb ist ihre Klugheit meist gut, wirkt als Güte, verdirbt keiner Sache ruhigen Lauf, ist in Ratschlägen viel zutreffender, nützlicher. Ich habe gern mit Frauen zu tun, namentlich gern Geschäfte abzuwickeln, um jener freundlicheren Klugheit willen. Um Gotteswillen: was schadet es, wenn ich die Frauen lobe? Wenn ich eine Frau wäre, würde ich eben die Männer loben.

Fritz Kochers Aufsätze, SW 1, S. 85

Mir scheint, daß es für die menschliche Gesellschaft zuträglicher und vernünftiger ist, wenn Frauen es sind, die bezaubern, und Männer diejenigen sind, die den Kopf verlieren. Ein Mann ist, wenn er bewundert, schöner, als wenn er sich bewundern lassen muß. Liebenlassen schickt sich weniger für ihn als Lieben, weil ersteres abwartend und letzteres tätig und voranmarschierend ist. Angreifen wird immer eher männlich und Abwehren immer eher weiblich sein. Unterliegen und angehören soll ja das Schöne dem Kräftigen, Beweglichen und Tüchtigen.

Martin Weibel, SW 16, S. 210

Einem Mann gegenüber empfinde ich immer die stolze Gleichstellung, einer Dame gegenüber niemals... Vor Frauen muß man sich entweder überlegen oder unterlegen fühlen! – Einem Kinde zu gehorchen, wenn es reizend befiehlt, ist mir etwas Leichtes, dagegen einem Mann: Pfui! Nur Feigheit und geschäftliche Interessen mögen einen Mann dazu veranlassen, vor einem andern Mann zu kriechen: Niedrige Gründe, das!

Geschwister Tanner, SW 9, S. 193f.

Schon vor manchem Jahr, sagte mir einmal ein sehr gewitzigtes, aufgewecktes Mädchen ins kolossal feinfühlige Ohr hinein, sie sei von der Überzeugung durchdrungen, daß ich leidenschaftlicher schreibe als lebe, mich lebhafter am Schreibtisch aufführe als im Alltag, womit sie vielleicht auf etwas »sehr Eigentümliches«, das sie ahnen mochte, anzuspielen beliebte, nämlich darauf, daß anscheinende Unwirklichkeit für mich inhaltreicher, d.h. wirklicher sei als die sogenannte, vielgerühmte und -gepriesene, tatsächlich vorhandene Wirklichkeit.

Das »Tagebuch«-Fragment von 1926, SW 18, S. 102

Es gibt Wünsche, die man nicht erfüllt wünscht, weil sie einem zu lieb sind. Gingen sie in Erfüllung, so verlören sie sich.

Fragment, SW 20, S. 105

Ich hinterlasse bei Frauen gern unerfüllt gebliebene Wünsche. So setzt man seinen Wert nicht herab, sondern schraubt ihn in die Höhe. Die Frauen wollen übrigens selber, daß man so handelt.

Geschwister Tanner, SW 9, S. 251

Die Mädchen, besonders die schönen, lieben es nicht, ohne Scheu, ohne Vorsicht an die ihnen selber ja zur Genüge bekannte sogenannte Bestimmung ihres Daseins erinnert zu werden; ihre Neigung gewinnt am ehesten derjenige, der Umwege ums Allzunaheliegende zu machen versteht. Immer ist Schönheit gewissermaßen prüde, was empfunden, begriffen, geduldet sein will.

Buchbesprechung, SW 20, S. 344

Die Frauen, das ist so ein Gemengsel von Zartheitsbedürfnis und Lust an der rohen Gefahr, die sie beständig bedrohen soll.

Geschwister Tanner, SW 9, S. 319

Mädchen lesen so gern in Romanen, wie sie solche willens sind zu erleben.

Aus dem Bleistiftgebiet, Band 1, S. 61

Im Leben ist man geneigt, die einfachsten Erkenntnisse zu übersehen. Das hat etwas Drolliges. Von der Blindheit der Menschen profitieren die Rechtsanwälte. Klugheit ist etwas Mittelmäßiges. Wir sind alle viel zu wenig mittelmäßig. Viele Leute, besonders Frauen, mögen die Mittelmäßigkeit nicht ausstehen, eben weil sie das Richtige ist, oder weil sie eifersüchtig werden auf diese Richtigkeit. Die Frauen sind mittelmäßiger, das heißt vernünftiger als die Männer und möchten alle gern mit einem Ausnahmsmenschen zu tun haben, das heißt mit einem Unklugen, damit er sie amüsiere, damit sie zu einem Lächeln über ihn kämen. Denn so ein Lächeln ist halt etwas Beglückendes. Auf so einen Ungewöhnlichen braucht man nicht neidisch zu sein, denn er bringt's nicht weit, man sieht ihm das an, und weil man ihm das ansieht, tut einem sein Anblick in der Seele wohl. Natürlich sollte der Ungewöhnliche das nicht wissen, aber mitunter weiß er es, und dann ist er gewöhnlich, das heißt ebenbürtig. Denn die Ungewöhnlichkeit besteht eben im Nichtrichtigblicken, und alle die, die richtig blicken, möchten gern mit einem zu tun haben, der das nicht kann, so zu ihrer Erholung, denn es ist vielleicht quälend, stets Menschen und Dinge genau so zu sehen, wie sie sind, man möchte sich gern angeschaut wissen, wie man nicht haargenau ist. Also macht sich beliebt und begehrt, wer so seine ganz ureigene Art, das heißt eine etwas unrichtige Art hat, in die Welt zu schauen, als wenn er noch so ein Kind wäre. Und da die Frauen so eminent richtig urteilen, werden sie auf richtig urteilende Männer eifersüchtig und sehnen sich ganz naturgemäß nach Mangel an gesundem Urteil, also sozusagen nach mal was anderem, denn sie langweilen sich alle mit ihrem Können, sie langweilen sich, weil sie sich anerkennen müssen, weil sie so selten Grund haben, sich an- oder meinetwegen auch gar auszulachen. Sie bieten einander viel zu wenig Vergnügen, weil sie alle so entsetzlich einander an Klugheit ähneln, keine die anderen mehr zum Narren haben kann, ihnen etwas vormalen, was man doch so gern möchte, denn es gibt ja für Menschen nichts Lustigeres, als meisterlicher zu sein als der andere.

Der Räuber, SW 12, S. 164ff.

Man darf nie Erbarmen voraussetzen, immer aber Sehnsucht nach Unterhaltung. Wenn Sie Ihre Gattin amüsieren, umarmt sie Sie, denn dann ist sie eine Beglückte, und die Glücklichen sind liebevoll, mithin nachgiebig. Man darf eben nirgends Nötlichkeit offenbaren, auch in der Ehe nicht.

Die Ruine, SW 17, S. 136

Während des Gehens auf der Landstraße kam ich in ein Selbstgespräch hinsichtlich der Bedeutung der Ehe, die ich zu ihrem Vorteil, d.h. im Interesse ihrer Lebefähigkeit nicht überschätzt wissen möchte. Immer wird ja um einer Überschätzung willen etwas unterschätzt, das auch wichtig ist, denn alles ist wichtig.

Aus dem Leben eines Schriftstellers, SW 18, S. 9

Einen Liebling ist man bemüht zu behandeln, als bedürfe er dringend irgendwelcher Maßregelung. Liebende und Beliebte scheinen sich darin zu ähneln, daß sie Zankgegenstände sind.

Aus dem Bleistiftgebiet, Band 5, S. 106

Es ist, wie ich gern zugebe, überaus erheiternd für mich, treu und treulos zugleich zu sein. Indem ein Treuer einer andern treu ist, wird er treulos.

Kochtopfs Brief, SW 19, S. 361f.

Was Treue, Untreue usw. betrifft, so sind das bürgerliche Begriffe, über die sich Amor mächtig lustig macht.

Der Räuber, SW 12, S. 77

Ich gehöre jedenfalls zu den Leuten, die sich durch ein Erlebnis nicht von fernerem Erleben abhalten lassen.

Aus dem Bleistiftgebiet, Band 1, S. 244

Die Männer scheinen mir mit ziemlich viel Gewißheit mehr Schweinehaftigkeitsanlagen und -gaben zu besitzen als die Frauen, die sich natürlich hie und da diesbezüglich ebenfalls auszuzeichnen vermögen. Keiner kann behaupten, er sei kein Schwein.

Schwein, SW 19, S. 225 f.

Treulosigkeit ist sittlich viel wertvoller als sentimentales Anhängen und Treubleiben.

Der Räuber, SW 12, S. 84

Vielleicht ist die Untreue dazu da, um die Frauen lebendig zu erhalten. Sie werden sonst zu schläfrig.

Seelig, Wanderungen mit Robert Walser, S. 76

Eine Frau kann die Ehre eines Mannes niemals verletzen, es sei denn beim Ehebruch, aber da benimmt sich der in Frage kommende Mann meist als ein schwacher Tölpel, den es gar nicht entehrt, wenn er betrogen wird, da ihn schon die Möglichkeit des Betruges längst vorher in den Augen derer entehrt hat, die ihn kannten. Unglücklich können Frauen machen, aber entehren können sie niemals; denn das wirkliche Unglück ist keine Schande und kann nur auf rohe Gemüter und Sinnesarten komisch wirken, auf solche Menschen, die sich allerdings ihrerseits dann eine Unehre antun, es zu verlachen.

Geschwister Tanner, SW 9, S. 194

Was den Eindruck des Wundersamen auf mich macht, mag und kann ich nicht täglich um mich sehen, das

Köstliche ginge mir dabei vermutlich verloren... Was ich liebe, besitze ich doch auf alle Fälle, weil ich's liebe.

Aus dem Bleistiftgebiet, Band 1, S. 243 f.

Mir ist es spielend geglückt, die unglücklich zu machen, die den Mut aus ihrem Wesen hervorholte, an mich zu glauben.

Aus dem Bleistiftgebiet, Band 1, S. 71

Es ist meines Dafürhaltens unrichtig, die kalte Liebe zugunsten der warmen zu schmähen. Ich halte erstere für solider, dauerhafter und zuverlässiger, und auf dies Element der Zuverlässigkeit kommt es bei der Liebe an, die viel Selbstisches in sich einschließt, viel Irrtum. Die kalte Liebe erkaltet jedenfalls nicht, weil sie – kalt ist. Manche warme aber tut es.

Aus dem Bleistiftgebiet, Band 4, S. 171

Uneigennützige Liebe ist vielleicht der zuverlässigste Gesundheitsfaktor.

Aus dem Bleistiftgebiet, Band 4, S. 71

Loben ist wie eine Art Lieben; wer möchte das abschütteln?

Der Taugenichts, SW 14, S. 140

Man darf eben nirgends Nötlichkeit offenbaren, auch in der Ehe nicht... Wer nicht sucht, der findet. Demnach darf man nie wie ein Suchender aussehen, eher wie einer, der von einem Seitensprung herkommt. Die Frauen freuen sich, wenn man ihnen Grund zu Empfindlichkeiten gibt, daß sie gezwungen sind, in unsern Augen nach der Treue zu forschen, die wir ihnen schulden. Aber ein Gatte schuldet seiner Frau hauptsächlich Anregung. – Wenn Ihnen ein hübscher Einfall aus dem Mund sprudelt, alle Einfälle haben etwas Strahlendes, so gewinnen Sie sie ohne weiteres, denn Sie sind dann anziehend. Anziehend zu sein, ist die oberste Ihrer Pflichten, was natürlich auch für die Frauen gilt, wobei man aber zu bedenken hat, daß Anforderungen unritterlich sind.

Die Ruine, SW 17, S. 136

Ich bin, wenn ich liebe, liebenswürdig, und finde, wenn ich glaube, Glauben.

Aus dem Bleistiftgebiet, Band 5, S. 186

Kindheit, Jugend und Alter

Kinder sind Künstler im Erfassen eines Grundes, recht selig zu sein.

Das Lachen, SW 4, S. 159

Zu Kindern soll man nicht kindlich reden, das ist kindisch. Ich, der ich doch auch ein Kind bin, hasse das Kindische.

Die kleine Berlinerin, SW 3, S. 95

Ein erster Schritt ist an sich immer etwas beinahe Märchenhaftes, obwohl er dies für andere eher ist als für den, der ihn ausführt, für den er eine Anstrengung ist. Das Kind, das gehen lernt, weiß vom Vergnügen nichts, das es dadurch den Eltern verursacht; es weiß nur, daß es sich bemüht, und es fühlt, daß die Bemühung Möglichkeiten des Ermüdens in sich einschließt. Jede Altersstufe, jede Entwicklungsphase, jeder Wirkungskreis kämpfen mit Müdigkeiten, und ich habe vielleicht einigermaßen klarzumachen verstanden, daß der erste Schritt ernster ist, als es den Anschein hat, wobei mir Lebende sympathisch sind, die gern von Zeit zu Zeit, sei es auf eigene oder fremde, frühe Versuche zurückschauen.

Der erste Schritt, SW 19, S. 212

Indem man Kinder erzieht, erziehen sie ihren Erzieher, d.h. sie veranlassen ihn, tätig und achtsam zu sein, sich mit etwas Vernünftigem, Nützlichem wachsam zu beschäftigen, den Kopf nicht müßiggängerisch, träumerisch in die Hand zu stützen und sich nicht einzubilden, Nachlässigkeit sei schön. Ein Kind nimmt Sorgsamkeit in Anspruch, die für den sie Ausübenden gewissermaßen amüsant ist. Teilnahme kann kaum etwas anderes als eine der zuverlässigsten, liebenswürdigsten Zerstreuungen sein.

Der Lyriker, SW 20, S. 286

Ein Knabe ist weniger feige als ein Mann, weil er weniger reif ist, denn die Reife macht leicht niederträchtig und selbstisch. Man muß nur die harten, bösen Lippen eines Knaben betrachten: der ausgesprochene Trotz und das bildliche Versteifen auf ein einmal sich selber im Stillen gegebenes Wort. Der Knabe findet Schönheit an der Härte des Worthaltens, und der Mann findet Schönheit darin, ein gegebenes Versprechen in ein neues aufzulösen, das er männlich verspricht zu halten. Er ist der Versprecher, jener ist der Vollstrecker des Wortes.

Vom Glück des Unglücks, S. 61

Wer sich erziehen lassen soll, will flattiert sein.

Sie besserte sich, SW 20, S. 366

Kinder sind mitunter geistreicher als die Erwachsenen, und die Unklugen sind mitunter klüger als die Klugen.

Die Kapelle, SW 4, S. 98

Kinder vermöchten ein Weltreich ebensogut zu regieren wie sonstige ungeschickte Regenten. Wenn sich doch viele Erwachsene lieber weniger erwachsen und viele Große weniger groß vorkämen. Wir alle sollten uns sagen, daß wir klein bleiben, daß von Werden und Wachsen, von tatsächlich gut und groß werden bei den meisten keine Rede ist, auch bei mir nicht. Mit Kränkung fange doch jeder, falls er so gut sein will, stets bei sich selber an; nur mit Artigkeit und Liebkosung bei andern.

Reisebericht, SW 7, S. 52

Für Kinder von armen Leuten ist die sommerliche Landstraße wie ein Spielzimmer. Wo sollen sie sonst sein, da ihnen die Gärten eigennützig versperrt sind? Wehe daherfahrenden Automobilen, die kalt und bös in das Kinderspiel, in den kindlichen Himmel hineinfahren, kleine, unschuldige, menschliche Wesen in Gefahr bringen, zermalmt zu werden. Den schrecklichen Gedanken, daß ein Kind von solch plumpen Triumphwagen tatsächlich überfahren wird, will ich von mir werfen, da mich sonst der Zorn zu groben Ausdrücken verleitete, womit man ja bekanntlich nie viel ausrichtet.

Der Spaziergang, SW 7, S. 95

Die Eltern prägen den Kindern die fürchterliche Angst vor dem Dunkel ein und schicken dann zur Strafe die Unartigen in stille, schwarze Kammern. Da greift nun das Kind im Dunkel, im dicken Dunkel und stößt nur auf Dunkel. des Kindes Angst und das Dunkel kommen ganz gut miteinander aus, aber nicht das Kind mit der Angst. Das Kind hat soviel Talent, Angst zu haben, daß die Angst immer größer wird. Sie bemächtigt sich des kleinen Kindes, denn sie ist etwas so Großes, Dickes, Schweratmendes; das Kind würde zum Beispiel gern schreien wollen, aber es wagt es nicht. Dieses Nicht-Wagen vergrößert noch seine Angst; denn etwas Furchtbares muß da sein, wenn man nicht einmal vor Angst Angstschreie ausstoßen darf. Das Kind glaubt, jemand horche im Dunkel. Wie schwermütig einen das macht, sich solch ein armes Kind vorzustellen. Wie die armen Öhrchen sich anstrengen, ein Geräusch zu erhorchen: nur den tausendsten Teil eines Geräuschleins Nichts hören ist viel angstvoller als etwas hören, wenn man schon einmal im Dunkel steht und hinhorcht. Überhaupt schon: hinhorchen und beinahe das eigene Horchen hören. Das Kind hört nicht auf, zu hören. Manchmal horcht es, und manchmal hört es nur, denn das Kind weiß zu unterscheiden in seiner namenlosen Angst. Wenn man sagt: hören, so wird eigentlich etwas gehört, aber wenn man sagt: horchen, so horcht man vergeblich, man hört nichts, man möchte hören. Horchen ist Sache des Kindes, das in eine dunkle Kammer eingesperrt wird, zur Strafe für Unarten. Denke man sich jetzt, daß jemand herankäme, leise, fürchterlich leise. Nein, das lieber nicht denken. Lieber das nicht denken. Derjenige, der das denkt, stirbt mit dem Kinde vor Schreck. So zarte Seelen haben Kinder, und solchen

Seelen solche Schrecknisse zudenken! Eltern, Eltern, stecket nie eure unartigen Kinder in dunkle Kammern, wenn ihr sie vorher gelehrt habt, Angst vor dem sonst so lieben, lieben Dunkel zu empfinden.

Geschwister Tanner, SW 9, S. 56f.

Nur ein echtes Kinderherz kommt auf frische Einfälle, ein verprügeltes und verachtetes niemals.

Der Gehülfe, SW 10, S. 243

Übermut an Kindern reizvoll zu finden, dazu bedarf es seelischen Gleichgewichtes.

Hamlet-Essay, SW 18, S. 184

Jugend ist unnachahmlich, und nur in der Jugend besitzt man genügend heiteren Trotz, um fröhliche Streiche glücklich auszuführen.

Würzburg, SW 6, S. 40

Ich hatte das Renommee eines Spitzbuben, und ich glaube, nicht mit Unrecht, aber es war doch manchmal verletzend für mich, immer daran erinnert zu werden. Ich hätte gern verzärtelt werden mögen; als ich aber einsah, daß es unmöglich war, daß man mir diese Aufmerksamkeit schenke, wurde ich ein Flegel und verlegte mich darauf, diejenigen zu ärgern, welche den Vorzug genossen, brave, geliebte Kinder zu sein.

Geschwister Tanner, SW 9, S. 116

Was sind Prügel? Vogelscheuchen, die Sklaven und Hunde schrecken.

Vom Glück des Unglücks, S. 42

Alle Kinder werden von den Tröpfen von Erwachsenen verraten, weil die Erwachsenen kindischer sind als Kinder.

Briefe, S. 143

Sollen Metzger ans Metzgen, Bäcker ans Backen, Schlosser an die Schlosserei, Lebenslustige an die Lebenslust, Fromme an die Frömmigkeit und Kinder an Kindlichkeit gemahnt werden? Das ist der Pfad, auf dem man Berufsleuten den Spaß an ihrem Beruf und den Freudigen den Geschmack an der Freude wegnimmt. Müssen Jugendliche auf Jugendlichkeit extra aufmerksam gemacht werden? Ist das nötig? Muß ein Humorist den lieben ganzen Tag lang nichts als guter Dinge sein? Da würde er sich zum Erznarren herausbilden.

Der Räuber, SW 12, S. 67

Dem heranwachsenden Kinde schleichen Vater und Mutter leise durch das Leben nach.

Poetenleben, SW 6, S. 128

Eltern, die es nicht für nötig erachten, ihren Kindern ihre persönlichen Stürme vorzuenthalten, würdigen dieselben im Nu zu Sklaven herab.

Die kleine Berlinerin, SW 3, S. 93 f.

Kein Mensch ist von Haus aus so wertvoll, daß er sich nicht zu verändern suchen müßte und daß er immer der bleiben dürfte, der er war. Bildung ohne Erschütterung, ohne Veränderung, ohne Wandlung ist unmöglich. Der Charakter darf nicht in Hartnäckigkeit und die Beständigkeit darf nicht in Trotz ausarten.

Martin Weibel, SW 16, S. 211

Verlegenheiten und Sorgen sind Bildungsinstitute ersten Ranges.

Briefe, S. 238

Warum gibt es Leute, die sich anstrengen, einen gebildet zu machen, ohne zu bedenken, daß sie's selbst bloß halb sind?

Hier wird dies und das gesprochen, SW 18, S. 232

Nichts gefährdet den Bildungs- und Friedenszustand so sehr wie das eingerostete, -gefrorene Schulmeisterwesen, d.h. der Dünkel des Besserwissens, Besserseins.

Briefe, S. 264

Es gibt Mütter, ... die sich aus der Schar ihrer Kinder einen Liebling auswählen, den sie vielleicht küssend steinigen, dessen Existenz sie mit ihrer zärtlichen Bevorzugung, mit der Unenthaltsamkeit ihrer Liebe untergraben. – Sind denn nicht von manchem Gesichtspunkt aus Lieblose pflegend und Liebende vernachlässigend, Pflegende tötend und Vernachlässigende belebend?

Der Zapfenstreich, SW 19, S. 158

Die armen Mamas müssen immer ihre Töchterchen an die Schicklichkeit erinnern, und für die Töchterchen schickt es sich, dafür zu sorgen, daß es den Mamas nie an Ursache fehlt, Rügen auszuteilen.

Briefe, S. 50

Kindern tut es vielleicht recht gut, wenn sie eine gewisse Achtlosigkeit zu spüren bekommen; sie dürfen nicht so von ihrem Wert überzeugt werden. Bewunderung erzeugt ja Übermut, Härte.

Ich soll arbeiten, SW 17, S. 75

Indem man streng ist mit einem Kinde, verbirgt man vor ihm, wie man es liebt und oft vielleicht fast anbetet. Die Kinder dürfen nicht wissen, welchen Wert sie haben bei denen, von denen sie erzogen werden sollen.

Briefe, S. 73

Die Schule ist das unentbehrliche Halsband der Jugend.

Fritz Kochers Aufsätze, SW 1, S. 20

Wie würde man den Eltern, den Handwerkern, den Passanten auf der Straße, den Besitzern von Kaufläden zur Last fallen, wenn man nicht in die Schule gehen müßte!

Fritz Kochers Aufsätze, SW 1, S. 20

Die Schule hat nicht die Aufgabe, das Leben zu verstehen und mit in die Ausbildung einzubeziehen. Für Lebensausbildung sorgt ja dann das Leben schon immer jeweilen früh genug. Wenn die Schule sich selber dient, die Kinder ausschließlich in ihrem eigenen Geist unterrichtet, wird das Leben solche Kinder viel interessanter finden und sie vielleicht in die Arme nehmen, sie mit mehr Lebensreichtümern bekannt machen. Das Leben will ja seinerseits die aus der Schule Entlassenen in seinem Geiste unterrichten. Werden nun die Kinder schon in der Schule im Lebensgeist erzogen, so findet das später das Leben sehr langweilig. Es gähnt dann und sagt: »Laßt mich schlafen. Ihr habt mir ja meine Aufgabe genommen. Die Kinder wissen alles schon. Was fang ich mit ihnen an?«

Der Räuber, SW 12, S. 110f.

Wessen man bedarf, entfaltet sich von selber; was man nicht nötig hat, bleibt unentwickelt.

Spaziergang (II), SW 20, S. 85

Reif sein? Was bedeutet denn das? Sind wir denn nicht eigentlich erledigt, sobald wir reif werden? Greise, Greisinnen sind reif, aber sie lieben es nicht, an den Reifezustand erinnert zu werden. Wie mancher Reife wünscht seine Gereiftheit gegen ein bißchen Unreife umzutauschen, denn mit der Unreife fängt ja das Leben an. Der Frühling ist ja denn auch beliebter als der Winter, und nach einem Winter wird's ja stets wieder Frühling. Was gibt es für Gründe, sich auf die Reifheit viel einzubilden?... Vielmehr ist uns, die wir leben, recht viel nette, fröhliche Unreife zu wünschen. Reife ist doch der Zustand vor der Fäulnis.

Hamlet-Essay, SW 18, S. 185 f.

Wenn ein Zwanzigjähriger mehr gilt als ein Sechziger, so steht naturgemäß oder folgerichtigermaßen ein Zehnjähriger bemerkenswerter da als einer, der schon zwanzig zählt.

Aus dem Bleistiftgebiet, Band 1, S. 39

Das Leben will etwas anderes von uns als Weisheiten, es will, daß wir ihm huldigen, fröhlich mit ihm übereinstimmen, es will, daß wir's lieben. Im Leben ist Liebeslust, Daseinslust die höchste Weisheit, also womöglich Unreifsein. Innerhalb der Unreife liegen ja viel mehr Lebensmöglichkeiten als innerhalb der Ausgereiftheit.

Hamlet-Essay, SW 18, S. 186

Sorglosigkeit verleiht Jugend, Beschäftigung, Reiz. Eine der Bedingungen, jung zu bleiben, liegt in der Fähigkeit, sich immer mit irgend etwas zu unterhalten, wär's auch mit etwas Prosaischem. Ein Portier kann beim Schuhputzen glücklich, eine Virtuosin beim Klavierspiel elend sein. Sinken kann vorteilhafter sein als Steigen.

Das seltsame Mädchen, SW 8, S. 73

Wer im Kampf gestanden ist, findet Wichtigtun für seiner unwürdig. Kummer kleidet einen jungen Mann vorzüglich. Still überwundene seelische und körperliche Anstrengung spricht als eine Art Vornehmheit, ohne der Worte zu bedürfen, deutlich aus der geringsten Gebärde. Die Manieren eines Kämpfers sind ohne Zweifel immer schöner als die eines Genießers.

Leben eines Malers, SW 7, S. 13

Eine schöne und heitere Jugend rechtfertigt, verteidigt und entschuldigt ein ganzes häßliches und böses späteres Leben.

Herr Krüger, SW 16, S. 185

Kinder sind himmlisch, weil sie immer wie in einer Art von Himmel sind. Wenn sie älter werden, so schwindet ihnen der Himmel. Sie fallen dann aus der Kindlichkeit in das trockene, langweilige, berechnende Wesen und in die nutzhaften hochanständigen Anschauungen der Erwachsenen.

Der Spaziergang, SW 7, S. 95

Die Jugend ist ein Freiherr, das spätere Leben ein nachdenklicher Türpfostensteher; darin liegt der ganze Unterschied.

Die Buben Weibel, SW 15, S. 100

Auf den ersten Blick bestrickt ja das Junge... auch ich bin nicht mehr jung und begehre es nicht zu sein. Und dann gibt es bei alledem eine innere Jugend, die vielleicht viel wichtiger, viel wertvoller ist wie die äussere, da doch alles Äussere ununterbrochener Veränderung unterworfen ist.

Briefe, S. 146

In der Jugend ist man begierig auf das Festliche. Dem Alltag steht man fast feindlich gegenüber. Im Alter hingegen traut man mehr dem Alltag als dem Festtag. Das Gewöhnliche wird einem lieber als das Ungewöhnliche, das einen mißtrauisch macht. So wandelt sich der Mensch, und es ist ganz gut, daß er sich wandelt.

Seelig, Wanderungen mit Robert Walser, S. 86

Gewöhnlich verhält es sich mit dem Altsein und dem Jungsein so: wenn wir sehr ausdrücklich bestrebt sind, jung zu sein, fallen wir leicht einer üblen Stimmung, einer schlechten Laune als Beute anheim, während es uns viel leichter ist, die gute Verfassung zu bewahren, bei fröhlichem Gemüt zu bleiben, wenn uns genanntes Bestreben weiter nicht im mindesten kümmert, es uns eventuell ganz und gar nichts anficht, als alt dazustehen; denn dieses emsige Bemühen um Jugend und jugendliche Art hat doch auf den ersten Blick Ähnlichkeit mit einer Verbissenheit, mit einer Entschlossenheit, die fast etwas Erzürntes an sich hat, als sei man voll Ängstlichkeit oder voll Ungehaltenheit gegenüber der Natur, der wir die Herrschaft ja doch nicht zu entwinden vermögen, jedenfalls nicht total, d.h. nicht auf die Dauer.

Brief an einen Entwickelten, SW 18, S. 134

Merkwürdig wenige verstehen es, das Alter zu genießen. Dabei kann es so freudespendend sein. Man hat doch gelernt, daß sich die Welt bestrebt, immer wieder zu den einfachen, elementaren Dingen zurückzukehren. Aus gesundem Instinkt wehrt sie sich dagegen, daß das Exzeptionelle, das Absonderliche dominierend wird. Die unruhige Gier nach dem anderen Geschlecht ist verglüht, und man begehrt nur noch den Trost der Natur und die schönen Gegenständlichkeiten, die jedem zugänglich sind, der sie ersehnt. Endlich ist man uneitel geworden und sitzt in der großen Stille des Alters wie in einer milden Nebensonne.

Seelig, Wanderungen mit Robert Walser, S. 61f.

Es gibt zweierlei Sorten Jugend, eine natürliche, aber auch eine errungene.

Fragment, SW 20, S. 102

Jugend hat einen unglaublichen Vorzug. Nur den einen großen Nachteil hat sie, daß sie nicht von Tag zu Tag jünger sondern eben auch in Gottes Namen immer ein wenig älter wird, und die reiferen Jahre haben den Vorzug, daß sie sich innerlich verjüngen können.

Briefe, S. 156

Es ist für uns alle von Wichtigkeit, daß wir unser Wesen entdecken und den Grad und die Eigentümlichkeit unserer Kräfte zur Wirkung gelangen lassen.

Brief aus Biel, SW 16, S. 52f.

Je mehr man gelebt hat, desto sanfter lebt man. Wer heftig in der Jugend gelebt hat, der mag sich später nur noch selten, am liebsten nie mehr wieder heftig gebärden.

Geschwister Tanner, SW 9, S. 328f.

Liegt es denn nicht in der Natur, daß das Ältere dem Jüngeren dienen soll, bis es sich endlich selber bedienen kann? O wie häßlich berührt es mich oft, zu sehen, wie ältere Leute, Männer wie Frauen, noch solche genußsüchtige Gecken sind, sich in schöne und feine Kleider werfen, goldene Ketten und derlei Schmuck mehr am Leib tragen, während kleine aufwachsende Kinder oft Pflege und Liebe und Wärme entbehren, kaum genug zu essen haben und im Winter in dünnen Kleidern frieren müssen. Solches kommt einem in großen Städten sehr oft vor's Gesicht, und es ist empörend. Nur Kinder sollen geschmückt gehen. Meine Meinung ist, daß alternde Menschen sich schämen sollten, viel für sich anzuwenden, solange es in der Welt noch ein einziges darbendes Kind gibt.

Briefe, S. 81f.

Einsam sein: eisiger, eiserner Schrecken, Vorgeschmack des Grabes, Vorbote mitleidlosen Todes. O, wer selber einsam war, dem kann jemandes anderen Einsamkeit unmöglich fremd sein.

Frau Wilke, SW 6, S. 103

Tränen in Augen von gereiften Menschen sind schrecklich, denn sie legen eine Hilflosigkeit dar, die man kaum für möglich hält. Wenn ein Kind weint, so ist das auf den ersten Blick verständlich, aber wenn alte Leute bewogen und gedrungen werden, noch in ihren alten Tagen zu weinen, dann öffnet sich dem, der das hört und sieht, das Elend und die Unhaltbarkeit der Welt überhaupt, und er kommt auf den niederbeugenden und drückenden Gedanken, daß alles, alles, was sich auf dieser armen Erde bewegt, schwach und schwankend und fraglich sei, Beute und beliebiges Spiel einer sich um alles Vorhandene schlingenden Unzulänglichkeit. Nein! Das ist nicht gut, daß der Mensch dann noch weint, wenn er in dem Alter ist, wo es ihn himmlisch schön dünken darf, Kindertränen zu trocknen.

Frau Scheer, SW 16, S. 292f.

Leben und Sterben, Beginnen und Endigen liegen freundschaftlich beisammen. Neben dem Greise steht das Kind. Blühen und Welken umarmen einander. Der Ursprung küßt den Fortgang. Anfang und Abschluß geben einander lächelnd die Hand. Erscheinen und Verschwinden sind ein Einziges.

Naturstudie, SW 7, S. 82

Ich fürchte mich nicht vor dem Tode, also auch nicht vor dem Leben.

Fritz Kochers Aufsätze, SW 1, S. 44

Nie kann ja etwas leben und nicht sterben. Ewig lebendig hieße ewig nie lebendig sein.

Notizen, SW 16, S. 390

Der Tod ist ungalant; er nimmt auf gar keine Vorzüge Rücksicht. Gesellschaftliche Niederungen und Höhen gelten ihm gleich viel.

Die Ruine, SW 17, S. 127

Sich tot zu denken, o wie froh macht das,
wenn nur die andern weiterleben müßten,
und mich behelligte kein Wünschen mehr.

Aus dem Bleistiftgebiet, Band 6, S. 474

Was war denn ein Toter? Ei, eine Mahnung ans Leben. Weiter gar nichts. Eine köstliche zurückrufende Erinnerung und zugleich ein Treiben in die ungewisse, schöne Zukunft.

Geschwister Tanner, SW 9, S. 133

Glück und Freude

Ob ich glücklich sei, fällt mir nicht von fern ein, mich zu fragen.

Aus dem Bleistiftgebiet, Band 4, S. 266

Was wollte ich gestern? Glück? Habe ich es denn nicht schon jetzt? Soll man erst suchen müssen in der unbekannten Ferne, unter den Menschen, die gewiß gar keine Zeit haben, an das Glück zu denken? Es ist gut, wenn man für vieles nicht Zeit hat, recht gut, denn, hätte man Zeit, so würde man ja sterben vor lauter Anmaßung.

Geschwister Tanner, SW 9, S. 174

Was ist das: geachtet zu sein, gegen das andere: glücklich zu sein und den Stolz des Herzens befriedigt zu haben. Auch unglücklich zu sein ist noch schöner als geachtet zu sein. Ich bin unglücklich, trotz der Achtung, die ich genieße; ich verdiene vor mir diese Achtung also nicht; denn in meinen Augen ist nur das Glück achtenswert. Infolgedessen muß ich versuchen, ob es möglich ist, glücklich zu sein, ohne Achtung zu beanspruchen. Vielleicht gibt es ein Glück dieser Art für mich und eine Achtung, die man der Liebe und der Sehnsucht zollt, nicht der Klugheit. Ich will nicht deshalb unglücklich sein, weil mir der Mut fehlte, mir einzugestehen, daß man unglücklich werden kann, weil man versuchte, glücklich zu werden. Solches Unglück ist achtenswert, das andere nicht; denn Mangel an Mut kann man nicht achten. Wie kann ich länger zusehn, daß ich mich zu einem solchen Leben verdamme, das nur Achtung einbringt und nur Achtung von andern, die einen immer so haben wollen, wie es ihnen am besten paßt!

Geschwister Tanner, SW 9, S. 170f.

Ich könnte von den Wiesen sagen, sie hätten mir die Erlaubnis erteilt, mir einzureden, ich sei ein reicher Herr, so üppig, so wohlhabenheitausdrückend sahen sie aus. Der Anblick von etwas Notleidendem stimmt uns wehleidig; schauen wir in etwas Zufriedenes hinein, so muß es uns bald auch heiter stimmen.

Aufsatz über einen Landaufenthalt, SW 17, S. 64

Früh morgens fiel durch eine Lücke der helle Sonnenstrahl, nachts die goldenen Mondpunkte, jene Goldstücke, die dem einen nichts, dem andern mehr gelten als geprägte.

Neues, SW 17, S. 27

Alles wirklich Schöne beschenkt uns ja in der Tat mit einer Heiterkeit, die wir sogleich verstehen.

Ein Traum, SW 19, S. 93

Wie ist man groß, wenn man heiter ist, wie ist man in frisch gefaßter Zuversicht glücklich, und wie ist man gut, wenn der Kopf und das Herz voller neuer Hoffnungen sind.

Morgenstunde, SW 16, S. 11

Es gibt Stunden im Leben, wo wir gar nicht begreifen können, warum wir so guter Dinge sind. Munterkeiten stellen sich weder auf Befehl noch auf Wunsch ein; sie sind plötzlich da, können aber ebenso eigensinnig, wie sie herbeizufliegen kamen, wieder verschwunden sein.

Marie, SW 6, S. 90

Man muß nicht hinter alle Geheimnisse kommen wollen. Das habe ich mein ganzes Leben lang so gehalten. Ist es nicht schön, daß in unsrem Dasein so manches fremd und seltsam bleibt, wie hinter Efeumauern? Das gibt ihm einen unsäglichen Reiz, der immer mehr verloren geht. Brutal wird heute alles begehrt und in Besitz genommen.

Seelig, Wanderungen mit Robert Walser, S. 31

Alles Vergnügen beruht auf dem Ausfindigmachen von etwas in einem fort Verlorengegangenem. Was kann das anderes sein als innere Beseeltheit.

Aus dem Bleistiftgebiet, Band 4, S. 409

Ich will keine Zukunft, ich will eine Gegenwart haben. Das erscheint mir wertvoller. Eine Zukunft hat man nur, wenn man keine Gegenwart hat, und hat man eine

Gegenwart, so vergißt man, an eine Zukunft überhaupt nur zu denken.

Geschwister Tanner, SW 9, S. 44

Wir sind mit unserem Schicklichkeitsempfinden vielfach Narren. Welt und Schicksale rollen und tönen, das Ewige dreht sich, die große Gleichgültigkeit ist beständig um uns; wir sehen an schönen Abenden das, was wir Firmament nennen, sich nicht um uns kümmern, warum erleichtern wir uns nicht das Leben derart, daß wir mehr Lässigkeit an den Tag legen?

Die Ruine, SW 17, S. 134

Bezaubert zu sein ist nicht nützlich, aber Nützlichsein auch nicht bezaubernd.

Aus dem Bleistiftgebiet, Band 4, S. 267

Aufs Glücklichsein paßt das Glück ganz einfach gar nicht auf.

Das Adoptivkind, SW 20, S. 349

Glücklichsein übersteigt, übertrifft ja alle Schwäche und Stärke. Das Glück ist das Zitterndste und zugleich Festeste.

Der verlorene Sohn, SW 19, S. 108

Offenbar ist man in der Tat unglücklich, sobald man es sich einbildet.

Marie, SW 6, S. 63

Wenn es je in Ihrem Leben ein Unglück gab, über das Sie in gewisser Hinsicht glücklich zu sein vermochten, so werde ich das interessant finden.

Ich stand vor ihrem Dorf, SW 20, S. 16

Ich bin von jeher sehr unglücklich und deshalb immer ein sehr glücklicher Mensch gewesen und werde es bleiben.

Aus dem Bleistiftgebiet, Band 4, S. 58

Glücklich der, der zwanzigmal im Leben unglücklich zu werden vermag. Fühlt denn nicht der Mensch nur im Verzweifeltsein sein Schönes? Seinen Wert?

Der Räuber, SW 12, S. 116

Der Brunnen, aus dem Eimer voll Heiterkeit heraufbefördert werden, heißt Lebensernst.

Aus dem Bleistiftgebiet, Band 4, S. 189

In einem großen Unglück liegt auch ein großer Seelenstolz, mithin immer noch eine Art Gewinn.

Rosa, SW 16, S. 138

Sehen zu dürfen, daß sich jemand freut, stimmt uns selber freudig, falls wir artig sind.

Haus, SW 7, S. 195

Was kann uns glücklicher machen als das Glück, das wir andern schenken? Können wir auf dieser engen, ar men, mannigfaltig gefesselten Welt seliger sein, als wenn wir durch Fähigkeiten, die wir besitzen, andere selig machen? Was stimmt uns zufriedener, als unsere Mitmenschen zufriedenzustellen?

Leben eines Malers, SW 7, S. 25

Als ich noch eine bestimmte Sehnsucht trug, waren nur die Menschen gleichgültig und hinderlich, und ich verabscheute sie bisweilen. Jetzt liebe ich sie, weil ich sie brauche, und weil ich mich ihnen zum Verbrauchen anbiete. Dazu ist man da. Kommt einer und sagt zu mir: ›Du da! Komm. Ich brauche dich. Ich kann dir Arbeit geben!‹ dann weiß ich, was Glück ist!

Vom Glück des Unglücks, S. 20

Man kann meiner Ansicht nach erst zärtlich, gütig werden, erst zur Quelle des Glücks kommen und erst dann lächeln und zufrieden sein lernen, wenn einen die Umstände vor die Selbstlosigkeit führen.

Aus dem Bleistiftgebiet, Band 4, S. 335

Wir sind talentlos in der luftumflossenen Freiheit. Wir treten lieber in ein liebes, traumhaft seltsames Haus, wo uns unsere wahre Luft und Natur entgegenkommen. Warum gelingen uns die Weihnachtsfeste so schön, warum sind wir glücklich, in einer warmen Stube zu sitzen und es draußen in der Straße schneien, winden, wettern oder regnen zu sehen? Wir sind so gern in dunkeln, nachdenklichen Löchern. Nicht diese Vorliebe ist eine

Schwäche; unsere Schwäche besteht vielmehr darin, uns solcher Vorliebe zu schämen.

Das Theater, ein Traum (I), SW 15, S. 8

Bekanntlich schweigt ja, was glücklich ist.

Cäsar, SW 20, S. 204

Das Schönste schmiegt sich nicht gern einer Äußerung an.

Aus dem Bleistiftgebiet, Band 1, S. 140

Das Glück ist kein guter Stoff für Dichter. Es ist zu selbstgenügsam. Es braucht keinen Kommentar. Es kann in sich zusammengerollt schlafen wie ein Igel. Dagegen das Leid, die Tragödie und die Komödie: sie stekken voll von Explosivkräften. Man muß sie nur zur rechten Zeit anzünden können. Dann steigen sie wie Raketen zum Himmel und illuminieren die ganze Gegend.

Seelig, Wanderungen mit Robert Walser, S. 15f.

Was gibt es Nachgiebigeres, Gütigeres, Geduldigeres, Anerkennenderes als das Vergnügtsein?

Ich wohnte einem Konzert bei, SW 19, S. 35

Lustig stimmt uns das mit dem gesunden Menschenverstand nicht durchweg Übereinstimmende. In allem, was uns in Erstaunen setzt, liegt für uns... etwas Amüsantes.

Der Mann mit der eisernen Maske, SW 19, S. 86

Der Amüsierte ist immer der Amüsanteste.

Aus dem Bleistiftgebiet, Band 5, S. 71

Geistreich sein heißt glücklich sein. Sei froh und du bist geistreich. Reich an Freude ist reich an Witz. Der Frohe ist nie verlegen um Einfälle.

Briefe, S. 11

Wer lebhafteren Geistes ist, spinnt eben ab und zu mal.

Der Räuber, SW 12, S. 58

Alles Dumme stammt aus der Klugheit. Daher gelingt ja öfter einem Dummen, was kein noch so Gescheiter fertig bringt, beispielsweise glücklich (zu) sein.

Aus dem Bleistiftgebiet, Band 5, S. 228

Es kann vorkommen, daß Lachende ernsthafter sind als Ernste, indem sich vielleicht Lustigkeit zur Ernsthaftigkeit verhält wie Reichtum zur Armut, die einander ähnlich sind.

Ein dummer Junge, SW 19, S. 149

Ein Gelächter ist das reine Gegenteil von einem Stück Holz, es ist etwas Entzündendes, etwas, was da drinnen Streichhölzer anzündet. Streichhölzer kichern, genau wie ein unterdrücktes Gelächter. Ich mag mich sehr, sehr gern am Herausschallen des Lachens verhindern lassen. Das kitzelt so wunderbar: es nicht loslassen zu dürfen, was doch so gern laut herausschießen möchte.

Was nicht sein darf, was in mich hinab muß, ist mir lieb. Es wird dadurch peinlicher, aber zugleich wertvoller, dieses Unterdrückte. Ja ja, ich gestehe, ich bin gern unterdrückt... Etwas nicht tun dürfen, heißt, es irgendwo anders doppelt tun. Nichts ist fader als eine gleichgültige, rasche, billige Erlaubnis. Ich verdiene, erfahre gern alles; so bedarf auch ein Lachen der Durch-Erfahrung. Wenn ich innerlich zerspringe vor Lachen, wenn ich kaum noch weiß, wo ich all das zischende Pulver hintun soll, dann weiß ich, was Lachen ist, dann habe ich am lächerigsten gelacht, dann habe ich eine vollkommene Vorstellung dessen gehabt, was mich erschütterte. Ich muß demnach unbedingt annehmen und es als feste Überzeugung aufbewahren, daß Vorschriften das Dasein versilbern, sogar vergolden, mit einem Wort reizvoll machen. Denn wie mit dem verbotenen reizenden Lachen ist es doch sicher mit fast allen andern Dingen und Gelüsten ebenfalls. Nicht weinen dürfen, nun, das vergrößert das Weinen. Liebe entbehren, ja, das heißt lieben. Wenn ich nicht lieben soll, liebe ich zehnfach. Alles Verbotene lebt auf hundertfache Art und Weise; also lebt nur lebendiger, was tot sein sollte... Wie entzückend, wie entzückend sind doch verbotene Früchte!

Jakob von Gunten, SW 11, S. 104

Wenn hinter einer Freudeäußerung nicht ein durchkämpfender Schmerz auch sichtbar ist, so besitzt sie viel Läppisches und wenig wahrhaft Anziehendes.

Notizen (III), SW 16, S. 390

Wo kein Gedankliches mitwirkt, stimmt es mit der Lustigkeit nicht und kann's nicht wahrhaft heiter sein. Der Humor ist ja das Kind der Erfahrung.

Die Gesellschaft, SW 16, S. 102

Glaubt mir's nur,/ daß im Grunde keine Spur/ von Heimat für uns vorhanden ist/ als dort, wo wir die Fröhlichkeit/ nicht verlieren, denn wie kann's dir irgendwo/ behagen, wenn du nicht einig bist mit dir,/ nicht ja zu deinem Schicksal sagst?/ Hier bist du zu Hause, hier, hier,/ in dir.

Aus dem Bleistiftgebiet, Band 6, S. 382

Die Voraussetzungen der Lustigkeiten werden von einer Art Erdreich des Ernstes gebildet, worin wächst, was amüsant ist; auf der andern Seite gedeihen Ernsthaftigkeit und Zuverlässigkeit in einer genügend dichten Schicht von Lebenslust.

Das »Tagebuch«-Fragment von 1926, SW 18, S. 84f.

Das Tragische bedeutet meinem Gefühl oder meiner sogenannten Anschauung nach die eine Hälfte der Erdkugel oder des Erdenlebens, während man dem Komischen, haargenau so viel Wichtigkeit darstellend, die andere, ebenso große Hälfte auszumachen erlauben wird. Ich für mich empfinde dies ganz einfach als ein ethisches Grundgesetz, worüber natürlich viele, die über solche Erscheinungen nachdenken, anders zu urteilen sich genötigt sehen können.

Das »Tagebuch«-Fragment von 1926, SW 18, S. 70f.

Alles Erdreich ist ein Friedhof, und dennoch steckst du dir, vom Schönen im Gedankenlosen ergriffen, deine Blume ins Knopfloch, schwebst über diesem tragischen Boden hin, darfst du das? Aber wer könnte mir's verbieten? Am Gang, den die Dinge nehmen, ändern Sorgen nichts.

Die Ruine, SW 17, S. 128

Wie ist alles Schwere
leicht, verglichen mit dem Unerreichten
in allem Leichten.

Aus dem Bleistiftgebiet, Band 4, S. 299

Meine bedeutsame Wenigkeit

Ich bin so einer, der einen jeden Menschen in seiner Art und Unart interessant und liebenswert findet. Ich komme nicht bis zur Menschenverachtung, oder ich verachte eigentlich nur die Feigheit und Leblosigkeit, aber ich finde an der Verdorbenheit sehr leicht etwas Interessantes. Und in der Tat, sie klärt über vieles auf, läßt tiefer in die Welt blicken und macht einen erfahrener und macht milder und treffender urteilen. Man muß mit allem bekannt werden, und man lernt es nur kennen, wenn man es tapfer berührt. Irgend jemandem ausweichen, aus Furcht, das würde ich meiner für unwürdig halten.

Geschwister Tanner, SW 9, S. 266

Nicht auf der geraden Straße, sondern auf den Umwegen findet man das Leben. Erst wenn wir von unserem Ziel abgelenkt werden, können wir das fühlen und vermögen wir eventuell zu zeigen, daß wir es im Auge behielten, daß also etwas wie Charakterfestigkeit in uns war.

Aus dem Bleistiftgebiet, Band 5, S. 11

Ich zähle zur Sorte tapferer Tatmenschen, die man Aktivisten nennt und für die es keinen fröhlichkeitswekkenderen Anblick gibt als den, den Furchtsame oder Zögernde unwillkürlich darbieten.

Reise in eine Kleinstadt, SW 19, S. 63

Was ich liebend anschaute, das schaute mich wieder liebevoll an. Wofür ich glühte, war auch mir wieder gut gesinnt. Wonach ich horchte, schien auch für mich wieder Ohren zu haben. Was ich suchte, das strebte wieder zu mir selber hin, und was ich zu wissen begehrte, wollte auch von mir gern etwas wissen.

Reisebericht, SW 7, S. 46f.

Was wir zu betrachten und an uns anzuziehen meinen, gießt sich aus unserem eigenen Innern hervor.

Naturstudie, SW 7, S. 60

Ich meine, es gehöre zur Vervollständigung dessen, was wirklich ist, daß man sich hie und da etwas einreden oder einbilden dürfe, mit andern Worten, unsere Einbildungen sind genauso wirklich, wie es unsere sonstigen Wirklichkeiten sind. Das Gefühl ist nicht minder Wirklichkeit wie der Verstand. Dies dürfte mit geradezu phänomenaler Raschheit einleuchten. Natürlich bin auch ich des Glaubens, daß es im höchsten Grad nützlich sei, wenn man Einbildungen bekämpft, doch neige ich zur Ansicht, daß man es mit diesem Kampf nicht i-tüpfelchenhaft genau zu nehmen braucht.

Das »Tagebuch«-Fragment von 1926, SW 18, S. 107

Ich verachte im Grunde genommen mein ganzes Denkvermögen. Ich schätze nur Erfahrungen, und die sind in der Regel von allem Denken und Vergleich vollkommen unabhängig.

Jakob von Gunten, SW 11, S. 89f.

Nur was ich selbst erlebt, erfühlt habe, wird mir zu einem Besitz, und nur wenn ich etwas Wirkliches besitze, kann ich in Wirklichkeit etwas geben.

Aus dem Bleistiftgebiet, Band 1, S. 242

Man muß nicht die edlen Regungen und die weichen Stimmen töten wollen und den Haß leben lassen. Damit tötet man sich selbst, rottet das eigene Leben aus. Man muß Geduld haben, denn auf ihr ruht alles. Wer sich mit sich selbst aussöhnt, verbündet sich mit allen andern, und dann gibt es keinen Gegner mehr. Wenn alle sich mit sich selbst verständigt haben, so hat niemand mehr einen Gegner. Dann ist alles versöhnt und der Friede ist gesichert. Es gibt nur einen einzigen Feind; der ist überall und nirgends, es sieht ihn niemand, er ist nicht fühlbar und daher auch nicht angreifbar. Doch wird ihn jeder bekämpfen und besiegen lernen, der die Pflicht fühlt, mit sich selbst zu kämpfen. Außer uns gibt es nichts Feindliches für uns, es wäre denn, daß wir unwillig sind, weil uns die Natur Grenzen gezogen hat.

Saul und David (II), SW 16, S. 227

Wer sich nicht selbst zuerst mit Genugtuung empfängt, befindet sich nicht in der Lage, jemand anderes zu empfangen. Der Beginn der Gesellschaft findet im eigenen Ich statt, und derjenige kann zweifellos am besten andere unterhalten, der das mit sich selbs(t) kann.

Aus dem Bleistiftgebiet, Band 4, S. 69

Wer nicht gewöhnt ist, sich selbst richtig zu empfinden, der empfindet natürlich auch einen anderen nicht.

Aus dem Bleistiftgebiet, Band 5, S. 53

Ich zittere weniger vor den Launen und Wunderlichkeiten anderer als vor meinen eigenen.

Skizze (III), SW 20, S. 111

Es ist meine Gewohnheit, stets zu probieren, wie weit man es mit Frechheit in der Welt bringen kann.

Sie schreibt, SW 15, S. 92

Ich bin am liebsten erst dann artig, wenn ich eine Zeitlang anders gewesen bin. Unsoziales Verhalten ist etwas Ursprüngliches, d.h. ein persönliches Vergnügen.

Die Ruine, SW 17, S. 137

Ich erfahre gern alles, und deshalb fürchte ich nicht so viel wie die, die um eine glatte Zukunft besorgt sind. Ich habe immer Angst, es möchte mir eine einzige Lebenserfahrung entgehen. Darauf bin ich ehrgeizig wie zehn Napoleone.

Geschwister Tanner, SW 9, S. 258

Es macht mir Spaß, auf irgend etwas, was keinen Ton geben will, zu horchen. Ich passe auf, und das verschönert das Leben, denn ohne aufpassen zu müssen, gibt es eigentlich gar kein Leben.

Jakob von Gunten, SW 11, S. 50

Manche beschweren sich über ihrer Mitmenschen Grobheit. Aber im Grund wünschen sie gar nicht von uns Abwerfung der Grobheit. Es kommt ihnen bloß aufs Klagen, Beschweren, Unzufriedensein an. Ich will aber lieber ein tüchtiger Grobian als ein Klageführer sein. Die Gröbsten sind oft auch gerade die Feinsten. Die Beschwerdeführer fühlen das und mißgönnen den Groben die gute Packung, womit sie den Schatz ihrer Zartheiten einhüllen. Die Feinen umhüllen ihre Grobheiten mit einer Schicht von Feinheit. Das Gewand der Groben ist stichfester, besser genäht, hält länger, aber dann kommt's schließlich aufs selbe heraus, und man darf vielleicht der Meinung sein, daß wir uns punkto Grobheit und Feinheit, von der Erziehung und vom Milieu abgesehen, verteufelt ähneln.

Der Räuber, SW 12, S. 97f.

Angesichts einer für mich ungünstigen Situation trage ich den Kopf hoch, indes mich eine günstige Lage leicht einschüchtert.

Sätze, SW 19, S. 231

Ich bin nicht aufgelegt, einen Mangel als einen Druck zu empfinden. Wie käme ich dazu! Im Gegenteil: etwas Befreiendes, Erleichterndes liegt darin. Und dann: Lükken sind dazu da, um mit etwas Neuem gefüllt zu werden.

Geschwister Tanner, SW 9, S. 178

Ich nahm mir vor, zurückweichend vorwärtszuschreiten, faulenzend arbeitsam zu sein, mich auf dem Wege der Lieblosigkeit im Gebiet des Liebens auszuzeichnen. Sollte ich nicht den Beweis erbracht haben, daß der Hunger in gewisser Hinsicht vollständiger sättigt, als es das kompletteste Essen imstande ist? Ich fordere diejenigen, die Phantasie haben, auf, den Versuch zu wagen, sich mit eingebildeter Nahrung zu begnügen, wobei ich für Erfolge garantiere.

Auflauf, SW 20, S. 44

Vielleicht sind lebenslustige Menschen darum kräftig und lebenslustig, da ihnen die Phantasie immer gleich wieder neues Hübsches vormalt.

Aus dem Bleistiftgebiet, Band 5, S. 204

Täglich finde ich neue Lehren, aber ich nahm mir, gleichsam im Gleichgewichtsinstinkt, vor, mich nicht zu sehr mit ihnen zu beschäftigen. Hügel und Wälder und die mit Menschen belebten Straßen wünschen, daß ich vor allen Dingen munter sei. Um der Munterkeit willen will ich nicht zu viel beherzigen.

Maskerade, SW 19, S. 42

Neulich kamen unerwarteterweise zwei junge Mädchen zu mir, die sich mir als Verehrerinnen meines bißchen Könnens auf dem Dichtkunstgebiet präsentierten. Ich bat sie, sich lieber von mir verehren zu lassen, als mich mit dem Glück zu beunglückseligen, der Gegenstand ihrer Anerkennung sein zu können. Anerkannt zu sein, fügte ich bei, mache mich dumm. Sie fanden meine Bemerkung klug und lachten, und ich wieder fand ihr hellklingendes Gelächter hübsch.

Aus dem Bleistiftgebiet, Band 5, S. 46

Ich weiß nur so viel, daß mich Verlockendes verlockt und Ruhiges beruhigt, Kokettes kokett, Ernstes ernst macht. Wir sind alle abhängiger als wir glauben.

Aus dem Bleistiftgebiet, Band 1, S. 281

Habe ich Sorgen, so haben immer andere Menschen keine, als sähen sie nur darum fröhlich aus, um mir mit ihres Glücksglaubens Unausstehlichkeit Verstimmtheiten einzuflößen.

Auflauf, SW 20, S. 43

Ich brachte mir gegenüber nicht genügend Boshaftigkeit auf, um imstande zu sein, mir zu untersagen, einigermaßen die Welt zu genießen. Ohne die Lehrsätze in den Büchern darum geringzuschätzen, schien es mir für mich empfehlenswert zu sein, zeitweise mehr die lebendige Welt wie irgendwelche Regel als gesetzgebend anzuschauen.

Sommerleben, SW 6, S. 59

Daß ich jedesmal wieder lache,/ wenn ich am Morgen erwache,/ welch eine eigentümliche Sache.

Aus dem Bleistiftgebiet, Band 4, S. 299

Auch ich galt ja einstmals als Strahlender. Heute halte ich mich für einen geschmeidigen Unbeugsamen.

Ottilie Wildermuth, SW 19, S. 36

Ich kenne eine Reihe Menschen, die gleichsam darauf erpicht sind, mich als einen Heiterkeitsausbund zu empfinden, in mir bloß eine Lachmaschine zu erblicken, aber das echte Lachen hat sozusagen seine Hoheit, es kann mit einem Staat verglichen werden, der gut regiert sein will, es ist nicht das Zufallhafte, als was man es betrachtet, es will gewisse Bedingungen erfüllt sehen. Lebenslust ist durchaus keine Gegnerin des Lebensschmerzes; sie fühlte sonst nicht genügend Existenzberechtigung. Ich werde über diejenigen hinwegzublicken wissen, die den Wunsch haben, ich möchte kein »Gewissen« besitzen, und ich werde beklagen, daß es Narren unter uns gibt, die angesichts von Geisteshelligkeiten finster werden.

Brief an ein Mädchen (II), SW 18, S. 122

Man wird im Leben entweder gutmütig befunden und nachlässig aufgefaßt oder ernst genommen und gemieden. Ich ziehe letzteres vor.

Gespräch, SW 8, S. 94

Ich möchte schwören, wer mich schalt,/ ich ihm etwas galt.

Aus dem Bleistiftgebiet, Band 6, S. 389

An jederlei Schaden bin ich seit langem gewöhnt, weshalb es mit denkbar großer Schwierigkeit verbunden ist, mir die Meinung beizubringen, man füge mir Schaden zu. Der Bevorzugte ist's, den man leicht benachteiligen kann.

Aus dem Bleistiftgebiet, Band 4, S. 58

Je aufrichtiger ich mich sehnte und bemühte, auf festem Boden zu stehen, um so deutlicher sah ich mich schwanken.

Heimkehr im Schnee, SW 16, S. 304

Der innere Halt nahm in dem Maße ab, als es mir auf äußere Haltung ankam.

Olgas Erzählung, SW 16, S. 243

Man sinkt selbst, wenn man mit Gesunkenem zu tun hat.

Aus dem Bleistiftgebiet, Band 2, S. 344

Weil es schön ist, sich zu sagen, man könne noch wachsen, finde ich das Gefühl, ich sei klein, angenehm.

Sätze, SW 19, S. 231

Hölderlin hielt es für angezeigt, d.h. für taktvoll, im vierzigsten Lebensjahr seinen gesunden Menschenverstand einzubüßen, wodurch er zahlreichen Leuten Anlaß gab, ihn aufs unterhaltendste, angenehmste zu beklagen. Rührung ist ja etwas überaus Bekömmliches, mithin Willkommenes.

Geburtstagsprosastück, SW 18, S. 213

Können wir auf dieser engen, armen, mannigfaltig gefesselten Welt seliger sein, als wenn wir durch Fähigkeiten, die wir besitzen, andere selig machen?

Was mich selbst betrifft, so meine ich, daß ganz einfach der Brauchbare an sich der eigentliche Aktuelle sei, und ferner ist meine Meinung, daß man sich nicht in das verbohren darf, was man Bildung nennt, weil sonst nicht Bildung, sondern Verbohrtheit entsteht.

Kurt vom Walde, SW 19, S. 248

Ich denke, daß nur der Arme fähig sei, vom engen Selbst geringschätzig wegzugehen, um sich an etwas Besseres zu verlieren, an das Schwebende, das uns selig macht, an die Bewegung, die nicht stockt, an ein Hohes, das immer wächst, an das schwingende Allgemeine, an das nie erlöschende Gemeinsame, das uns trägt, bis es uns in Frieden begraben mag.

Freundschaftsbrief, SW 16, S. 399

Sich selbst sieht man entweder schlechter oder besser, als man ist. Wirkliches zu durchdringen, ist darum schwer, weil jeder von uns eine Art verdeckender, verheimlichender Poet ist. Poesie ist uns allen sowohl Freundin wie Feindin.

Brief Don Juans, SW 17, S. 229

Es gibt ein altes Volksbuch, welches heißt: Robert der Teufel. Der bin ich nicht. Ich bestreite entschieden, ein Teufel zu sein, außer vielleicht ein armer Teufel. Denn ich bin arm, und wenn ich einmal eine Frau habe, werde ich erst recht arm sein, aber ich lebe gern in Armut. Zu essen werde ich wohl hoffentlich immer ein Stückchen Brot haben. Denn ich bin kein fauler Hund sondern fleißig, was ein Eigenlob ist, welches ziemlich stinkt.

Briefe, S. 153 f.

Niemand ist berechtigt, sich mir gegenüber so zu benehmen, als kennte er mich.

Das Kind (III), SW 8, S. 78

Alle, die ganz Hohes erstreben, mögen nicht recht vertraulich zu den Nebenmenschen sein.

Man kann auf sehr unehrliche Art treuherzig und ehrlich zu scheinen bemüht sein.

Aus dem Bleistiftgebiet, Band 5, S. 368

Sie finden mich vielleicht uninteressant, weil aufrichtig; daher beeile ich mich, Sie so interessant und gekünstelt wie möglich zu grüßen und bleibe in unaufrichtigster, dafür aber schimmerndster Hochachtung, die ich frei von Herzlichkeit hoffe, weil Letztere müde macht, Sie aber unter allen Umständen leistungsfähig zu bleiben haben, Ihr ergebener

Robert Walser.

Briefe, S. 301

Nachwort

Meine Tätigkeit ist mir überlegen.
Robert Walser

Es gibt wohl wenige Autoren, die sich einfallsreicher geweigert haben, ihr Weltbild anders als in den Verkleidungen ihrer Dichtungen preiszugeben, als der Schweizer Schriftsteller Robert Walser. Das blieb zu seinen Lebzeiten leider nicht ohne Konsequenzen für den Erfolg seiner Bücher.
Während der letzten dreißig Jahre seines Lebens fast völlig in Vergessenheit geraten, wird dieser Dichter dafür heute, drei Jahrzehnte nach seinem Tod, neben Max Frisch und Friedrich Dürrenmatt als einer der wichtigsten schweizerischen Autoren unseres Jahrhunderts geschätzt und eben wegen seiner vermeintlichen Unfaßbarkeit von der Literaturwissenschaft diskutiert und gedeutet wie nie zuvor. Dazu geben seine Werke Anlaß genug. Denn meistens, wenn der Handlungsverlauf von Walsers Romanen, Geschichten und Improvisationen auf grundsätzlicheres Terrain zu geraten droht, nimmt er mit den kuriosesten Gedankensprüngen Reißaus und schlägt dem sinnsüchtigen Leser die verwegensten Haken wie der Hase seinem Verfolger. Das Unvorhersehbare, Launige, ja Undisziplinierte solcher Gedankenführung mag mit Walsers Furcht vor stabilen Verhältnissen zusammenhängen, gewiß aber auch damit, daß es Leser gibt, die – wie er in seinem nachgelassenen »Räuber«-Roman feststellt – »aus Büchern Anhaltspunkte für's Leben herausholen wollen. Für diese Sorte ehrenwerter Leute schreibe ich zu meinem riesengroßen Bedauern nicht.«
Demnach müßte es unmöglich, ja geradezu unverantwortlich sein, diesen Dichter anhand von Zitaten aus seinen Schriften auf solche Anhaltspunkte festlegen zu wollen, die

seine Einstellung zu den alltäglichen Herausforderungen des Lebens sichtbar machen. Das Gegenteil ist der Fall, vorausgesetzt freilich, daß dabei Walsers Spielregeln beachtet und die scheinbaren Widersprüche seiner Sichtweise nicht unterschlagen und harmonisiert werden. Dann kann eine nach Themen geordnete Zitatensammlung sogar etwas leisten, was den punktuellen philologischen Deutungsversuchen meist nur fragmentarisch glückt: dem im Verlauf seines Schaffens zunehmenden »Zerfall des logischen Zusammenhangs« (Jochen Greven) gegensteuern und aufzeigen, in welche Richtung das hakenschlagende Wild gelaufen wäre, wenn es sich unbedroht gefühlt hätte. Denn an anderer, oft ganz unerwarteter Stelle, nimmt Walser den unterbrochenen Kurs plötzlich wieder auf und erreicht seine Ziele durchaus. Diese Nahtstellen galt es aufzufinden, um die verborgenen immanenten Zusammenhänge zu rekonstruieren. »Nicht auf der geraden Straße«; notiert er in seinen Mikrogrammen (Bd. 5, S. 11), »sondern auf den Umwegen findet man das Leben. Erst wenn wir von unserem Ziel abgelenkt werden, können wir das fühlen und vermögen wir eventuell zu zeigen, daß wir es im Auge behielten, daß also etwas wie Charakterfestigkeit in uns war.«

Daß Robert Walser nicht zu den »Angehörigen des Verbandes zur Verbreitung gesunder Geisteskost« (»Der Räuber«) gezählt werden mochte, ist verständlich, wenn man weiß, auf welche Kollegen und welches Publikum diese ironische Bemerkung gemünzt war. Doch sieht man von deren Maßstäben einmal ab und überläßt sich den dialektischen Wechselbädern seiner eigenen Wahrnehmung, dann kommt auf einmal ein Weltbild zum Vorschein, das ähnlich faszinierend, gehaltvoll und facettenreich ist wie die geistreiche Grazie seiner Fiktionen. Dabei zeigt es sich, daß vielleicht gerade diejenigen am meisten zu sagen haben, die es gar nicht beabsichtigen und sich den Definitionen schon deshalb entziehen, weil sie nur zu gut wissen, daß »nichts wahr ist ohne sein Gegenteil« (Martin Walser). Vertraut mit den Polaritäten der Wirklichkeit, hat es dieser Dichter wie kaum ein anderer verstanden, das Kraftfeld zwischen These und Antithese poetisch produktiv zu machen. Denn vor allem aus der Spannung zwischen den Widersprüchen resultiert die oft erstaunliche Vitalität von Robert Walsers Erkenntnissen. Wo die Größe des vermeintlich Kleinen, das Kleine im angeblich Großen, der Reichtum der Armen, die Wahrheit in der Lüge, die Freiheit in der Gebundenheit, das Herrschen im Dienen, die Härte im Weichen zu finden sind, hat niemand kontrastreicher ausgeleuchtet als dieser Dichter.

Solche Einsichten in ihren geglücktesten Formulierungen aufzuspüren und möglichst kausal miteinander zu verknüpfen war die Absicht des vorliegenden Bändchens. Um den Leser in diese jede Eindimensionalität durchkreuzende Denkweise einzuführen, ist gleich das erste Kapitel unserer Sammlung der »Psychologie der Gegensätze« gewidmet. Doch auch die übrigen nach den ergiebigsten Walser-Themen benannten Kapitel durchzieht stets diese Pro-und-Contra-Dialektik.

»Lektüre für Minuten« entstand 1977/78 parallel zur Edition der ersten Taschenbuch-Werkausgabe der Schriften Robert Walsers, um den Lesern, die diesen Dichter bisher noch nicht oder nur vom Hörensagen kannten, auf seine Bücher neugierig zu machen und auf die belebende Erweiterung unseres Blickfeldes, welche die Beschäftigung mit seinen Werken bewirkt. Ähnlich wie die vorhergehende Edition »Lektüre für Minuten«, die anläßlich des Erscheinens der Hermann Hesse-Werkausgabe entstand, wurde auch hier der Versuch unternommen, mit charakteristischen Gedanken aus sämtlichen bis dahin bekannten Schriften und Briefen Robert Walsers das Profil dieses Dichters zu treffen und die Komplexität seines Weltbildes möglichst prägnant zu entwickeln. Wenn Auflagenzahlen etwas besagen, dann scheint diese Bemühung nicht ganz vergebens gewesen zu sein. Von »Lektüre für Minuten« konnten inzwischen 60 Tsd. Exemplare ausgeliefert werden, mehr als alle zu Lebzeiten des Dichters erschienenen Bücher zusammengenommen. Wirklich erfreulich aber ist, daß auch die zwölfbändige Werkausgabe schon wenige Jahre nach ihrem Erscheinen vergriffen war und 1986, anläßlich seines 30. Todestages, durch eine erweiterte – einmal mehr von Jochen Greven herausgegebene – 20bändige Ausgabe seiner Werke ersetzt werden mußte. Parallel dazu machten sich Bernhard Echte und Werner Morlang an die Dechiffrierung von Robert Walsers geheimnisvollem Nachlaß, den von 1924 bis 1933 (bis zu seiner unfreiwilligen Verlegung von der Berner Nervenheilanstalt Waldau in die von Herisau) in winziger Bleistiftschrift notierten »Mikrogrammen«, die lange Zeit als eine »unentzifferbare Geheimschrift« (Carl Seelig) galten. Unter dem Titel »Aus dem Bleistiftgebiet« sind sie mittlerweile in sechs stattlichen Bänden vorgelegt worden. Da es sich bei diesen Aufzeichnungen nicht nur um Vorstufen zu einigen der später geringfügig redigierten Druckfassungen, sondern zumeist um Arbeiten handelt, die nur deshalb unveröffentlicht blieben, weil Walser keine Publikationsmöglichkeit dafür fand, verdienen sie keine geringere Beachtung als seine zu Lebzeiten verbreiteten Schriften. Deshalb mußte auch dieser erst in den vergangenen zwölf Jahren erschlossene und nach der Veröffentlichung von »Lektüre für Minuten«

(1978) erschienene Teil des Walserschen Werkes anläßlich der vorliegenden Neuausgabe berücksichtigt und die etwa 125 zusätzlichen Zitate daraus den bereits bestehenden Kapiteln zugeordnet werden.

Robert Walser zu lesen macht auch deshalb soviel Vergnügen, weil er nie moralisiert und all seinen Einsichten das Pathos des Grundsätzlichen nimmt, indem er es durch die überraschendsten Assoziationen relativiert, verunsichert, ironisiert und hinterfragt. Manches von diesem besonderen Reiz geht zwangsläufig verloren bei einem Herausbrechen der Steine aus den Fassungen ihres Kontextes. Der Leser sollte also in seinem eigenen Interesse nicht darauf verzichten, die Zusammenhänge, in die Walser seine Einsichten eher versteckt als hervorhebt, kennenzulernen, und nicht dem Irrtum verfallen, er habe mit »Lektüre für Minuten« nun den *ganzen* Walser. Ausnahmen aber gibt es auch hier. 1927 nämlich hat Robert Walser selbst unter dem Titel »Sätze« eine ganze Reihe solcher isolierter Gedanken veröffentlicht und sich 1944 auch nicht widersetzt, als ihm Carl Seelig vorschlug, ein Bändchen mit hundert ähnlichen Zitaten unter dem Titel »Vom Glück des Unglücks und der Armut« herauszugeben.
Wenn unser Versuch einer übersichtlichen Aufbereitung dieser in den etwa achttausend Seiten seines Werkes verstreuten Gedanken ein wenig dazu beitragen kann, Robert Walser, der sich mit der ihm eigenen stolzen Selbsterniedrigung »aus der Höhe« seiner »unsäglichen Wenigkeit herunter« gerne einen »nicht nachweltfähigen Belletristiker« nannte, der Nachwelt etwas vertrauter zu machen, dann hat diese Sammlung ihren Zweck erfullt.

Frankfurt am Main im Februar 1998 *Volker Michels*

Abkürzungs- und Quellenverzeichnis

SW: Robert Walser, »Sämtliche Werke« in zwanzig Bänden. Herausgegeben von Jochen Greven, Frankfurt am Main 1986

»Aus dem Bleistiftgebiet«, Mikrogramme. Herausgegeben im Auftrag des Robert Walser-Archivs der Carl Seelig-Stiftung, Zürich, von Bernhard Echte und Werner Morlang.
Band 1: Frankfurt am Main 1985
Band 2: Frankfurt am Main 1985
Band 3: Frankfurt am Main 1986
Band 4: Frankfurt am Main 1990
Band 5: Frankfurt am Main 1998
Band 6: Frankfurt am Main 1998

Robert Walser, »Vom Glück des Unglücks und der Armut«. Herausgegeben von Carl Seelig, Basel 1944.

Carl Seelig, »Wanderungen mit Robert Walser«, Frankfurt am Main 1993. (Die Erstausgabe erschien 1957 im Tschudy-Verlag, Sankt Gallen.)